スキルは見るだけ簡単入手！3

～ローグの冒険譚～

A L P H A L I G H T

夜夢
Yorumu

アルファライト文庫

登場人物紹介

Main Characters

ローグ

【神眼】の力を授(さず)かった少年。
見るだけであらゆるスキルを
習得できてしまう。

フローラ

ハレシュナ家の長女。
ローグとは婚約(こんやく)しているものの、
結婚はしていない。

ジュカ

十魔将の一人。
強力スキルを持つ。

アクア

ローグに従(したが)う水竜。
無類(むるい)の酒好き。

メイ

特殊(とくしゅ)なスキルを
持つ獣人の幼女。

氷竜
最強竜の一体。
氷属性を司(つかさど)る。
雷竜
最強竜の一体。
雷属性を司る。
コロン
元グリーヴァ王国の
王女。
ローグの妻になった。
聖竜
最強竜の一体。
聖属性を司る。

第一章　バロワ聖国

自ら建国した神国アースガルドと、ザルツ王国、ローカルム王国、ギルオネス帝国による四ヶ国同盟を成立させたローグ・セルシュ。

彼は、この世界に平和をもたらすという使命を果たすため、見るだけであらゆるスキルを自分のものに出来るスキル【神眼】の力を駆使して、さらなる困難に立ち向かおうとしていた。


四ヶ国同盟成立後の翌朝、ローグは執務室に、ギルオネス帝国の皇子ゾルグと、ムーラン帝国から逃げてきた貴族の子女、ジュリアを呼び出していた。

ジュリアがローグに尋ねる。

「どうしたのローグ？　何かあった？」

「いや、こうして四ヶ国同盟も成立した事だしさ。アースガルドに冒険者ギルドを設立するために、バロワ聖国へ向かおうと思ってね。で、ジュリアを呼び出した理由は、その後にムーラン帝国に赴こうと考えてるんだ。というのもさ、そろそろジュリアの問題も片付けておかないといけないだろ？　いつまでも家出したままじゃすっきりしないだろうし」

ロークに痛いところを突かれ、ジュリアは言葉に詰まる。

「そう……ね。わかったわ。このままじゃ私も何か落ち着かなかったし。なら、私はローグとバロワ聖国へ行けばいいのね？　出発はいつ？」

「そうだな。国の事を色々と済ませてからになるから……一ヶ月後くらいかな」

「わかった。それまでに旅の準備を終えておくわ」

ジュリアは何か決心したかのように自分を奮い立たせると、執務室を出ていった。その姿を見送った後、残されたゾルグがローグに話し掛ける。

「ジュリアが呼ばれた理由はわかったが、俺は何故呼ばれたんだ？」

「あぁ。実はな、ギルオネス帝国に問題が残っていたんだ」

「なっ⁉」

先日、ローグの活躍によりギルオネス帝国の混乱は全て解決したはずだった。

そう思っていたゾルグは驚き、そしてローグに問う。

「で、その問題とは？」

ローグは昨夜の四ヶ国同盟を祝う宴席で、ギルオネス皇帝から、帝国が依然として抱えている問題について相談を受けていた。

　ローグがその内容を告げると、ゾルグは眉根を寄せる。

「……なるほどな。奴隷の密売をしている貴族に闇ギルドか。今、お前が名前を挙げた貴族は、魔族に支配されていた時も正気のようだったが……裏でそんな事をしていたとはな。混乱の原因は魔族だけでなく、人間の方にもあったというわけか。嘆かわしい……」

「そういう奴らは、魔将リューネにとって得しかなかったから放置されていたんだろう。で、これが、昨夜皇帝から渡された、闇ギルドのアジトがある場所を示した地図と、アジトの見取り図だ。加えて、闇ギルドから奴隷を購入していたと思われる貴族のリストもある」

　ローグはそう説明して、ゾルグに書類を手渡す。

「この仕事をゾルグに任せたい。ギルオネスの地理に明るくない俺より、ゾルグの方が適任だと思ってさ」

「任せてくれ。これは俺の国の恥だ。俺が責任を持って片付ける」

「さすがゾルグだ。頼りになる」

　ローグはゾルグと握手して成功を願うと、さらに告げる。

「ああそうだ、ゾルグ。密売された奴隷を無事救出出来たら、アースガルドに送ってほしい。俺の村もそうだったけどさ、賊は商品を掻っ攫った後には何も残さないんだ。だから、売られた奴隷達に行き場はもうないだろうし」

「ん？　つまり、奴隷の面倒はアースガルドで見るという事か？　承知した。救出した者は、全てここに送らせよう」

「頼むよ、ゾルグ」

さっそくローグはゾルグを【転移】でギルオネス帝国へ送り届けた。次に、ローグの婚約者であるフローラのもとへ向かった。

ローグはフローラの部屋の扉をノックし、返事を受けてから中に入る。

「あら、ローグさん。どうされました？」

「ちょっとこれからの事を相談しにね。今時間ある？」

「はい。もう少しで孤児院の資料をまとめ終わりますので、少々お待ちいただけますか？」

「ああ、ゆっくりで構わないよ。お茶でも飲んで待ってるからさ」

ローグは二人分のお茶を用意し、フローラの仕事が終わるのを待った。

「お待たせしました。お茶、ありがとうございました」

「いや、大丈夫。久しぶりにフローラの仕事ぶりが見られて新鮮だったよ」

「もうっ、からかわないでください。それで……今後の相談とは？」

ローグは一ヶ月後にジュリアを連れ、バロワ聖国、そしてジュリアの出身国であるムーラン帝国へ向かう事を伝えた。

　フローラは心配そうに言う。

「……また国を空けるのですか？」

「すまない。バロワ聖国の件はともかく、ムーラン帝国の方はちゃんと解決しておきたいんだ。このまま放置し続けたら、ジュリアはずっと家出娘のままだしね。それに……俺の目的のためには、この問題は避けて通れないんだ」

「ローグさんの目的……ですか。ローグさんは何を目指しておられるのでしょう？」

　ローグは、まだ誰にも告げていない夢をフローラに語る。

「今回、四ヶ国の同盟が成立した事で、この北の大陸の西側は大いに栄え、平和になるだろう。けど、同盟にあぶれた国はそうはいかない。もしかしたら、西側から逃亡した悪人が東側で悪事を働くかもしれないし、アースガルドは東側から難癖をつけられるかもしれない。だからさ、世界中の権力が集中しているバロワ聖国を除いた全ての国の現状を確認し、同盟に加えられないか確かめたいんだ。世界全てとはいかないけどさ、とりあえずいける範囲で、北の大陸大同盟なんて結成出来たらなって思ってるんだよ」

　フローラは笑いもせずに真剣に耳を傾けていた。

「そうなると……しばらくはお戻りにならないのですか？」

「いや。ムーランでの問題に区切りがついたら、一度戻るよ。俺じゃなきゃ解決出来そうにない仕事もあるからね」

「……ローグさん」

「ん？」

フローラは真剣な表情でローグに言う。

「それまでの間、私を国内で働かせるわけですよね。それで……ご褒美はなしですか？」

「ご、ご褒美？」

ローグはフローラの強い眼差しに気圧されてしまう。

「そうです！　いつになったら私と結婚してくださるのですか！　初めて出会ってからもう一年以上……今これを言うのはズルいって、自分でもわかっています！　約束の期限まではあと一年ありますが……正妻の座をコロン様に奪われてからというもの、私が先に出会っていたのにと、度々枕を濡らしておりました！」

フローラの勢いは止まらない。

瞳を潤ませながら、内に抱えていた感情を吐き出していく。

「なんで私じゃダメなんですかっ！　私のどこがいけないんですか！　もう……自分でもどうしていいかわからなくなりましたっ……ローグさん、私はどうすればローグさんの妻になれるのですか？　私も……コロンみたいに幸せになりたいですっ！　うっうっ……」

「フ、フローラ……」

目の前でフローラに泣かれ、ローグは慌ててふためく。フローラは感情を乱しており、王妃であるコロンに「様」を付けるのすら忘れていた。

そこへ、どこか挑発するような感じの声が掛かる。

「結婚してあげれば？」

「「えっ？」」

二人は、声のした扉の方に顔を向ける。

そこには、コロンとジュリアが立っていた。声の主はコロンである。

「コロン……様」

「コロン、聞いていたのか。どうしてここに？」

フローラとローグが呆然としていると、コロンは部屋の中へ進み、二人に向かって言う。

「ジュリアから旅の話を聞いてね。私もムーランに行く事になるんでしょ？　……それよりフローラ」

「……はい」

真剣な表情で対峙するコロンとフローラ。ローグには何故か、二人の背後に龍と虎がうっすらと見えていた。

「……なんですか、王妃様？」

「別に～？　ただ……私がいないところで、夫を誘惑してほしくはないかな？」

今すぐこの場を離れたい、ローグはそう思った。また、今にも取っ組み合いを始めそうな雰囲気に、彼は冷や汗ダラダラだった。

嫌味を言うコロンに、フローラがやり返す。

「何を……！　私から横取りしたくせにっ！　私の方が先に婚約まで済ませていたのに！」

「知ってるわよ。私がローグと結婚出来たのは、グリーヴァ王国があったから。このアースガルドを建国するために、結婚出来たようなものだしね。横取りしたのは謝るわ。けど過程はどうあれ、私とローグは夫婦なの。まあでも私は、ローグが側室を持っても構わないと思ってるわ」

「「え？」」

ローグとジュリアが声を上げ、コロンの雰囲気が柔和になる。

「構わないと思っているけど、誰でも良いってわけじゃないのよ。ローグは平和な世界を作るために奔走しているわ。だからね、妻になる人は、そんなローグを陰で支えられる人じゃなきゃダメなのよ。わかるでしょ、フローラ？」

コロンの話を聞きながら、ローグは思った。

（う、う〜ん……俺、コロンに支えてもらった事あったかな？　ダンジョンでは散々足を引っ張られたし、言う事聞かずに宝箱漁りまくるし……国を離れている間なんの問題も起きないのは、むしろフローラや、コロンの母である、元グリーヴァ王国の女王バレンシアさんがしっかりしているからじゃ……）

フローラは少し冷静になり、コロンに言う。

「わかってます。私には戦う力はありません。ですから、ローグさんが国を離れている間、バレンシアさんに師事(しじ)を仰(あお)ぎ、国の運営について学んできました」

「それも知ってる。お母さんから聞いてるもの。だからね、フローラ。私達がアースガルドを離れている間、あなたが中心になってこの国を回してみなさい」

「……私が？」

「そうよ。あなたが皆を動かし、王が国を空(あ)けても大丈夫だって証明してみせて。この課題をクリア出来たら……認めてあげるわよ。第二王妃としてね」

「あ……コ、コロン……」

フローラの瞳に希望の灯(ひ)がともる。そしてうつむいていた顔を上げ、コロンにこう返した。

「やってみせます！　戦闘で力になれない代わりに、この国は私が守ってみせます！」

「……そ。ローグ、勝手に決めちゃったけどこれでいい？」

コロンにそう言われたものの、ローグには口を挟(はさ)む余地などなかった。だが、これはこれで良かったのかもしれない、と彼は思った。

確かにフローラとは先に婚約していたし、彼女の実家である公爵家(こうしゃくけ)では世話になった。義理を果たすためにも、ローグはフローラといずれしっかりと向き合わなければならなかった。

「ああ。コロンが認めるなら俺に異論はないよ。フローラ、少し酷かもしれないが、この課題を乗り越えてほしい。そして……それを果たした暁には結婚しよう」

「あぁぁ……はいっ！　私……頑張ります！」


その後、フローラの部屋を出たローグは、コロンに話し掛ける。

「フローラの事、気に掛けていたんだな」

「当たり前でしょ。アースガルドの件がなかったら、第一王妃はフローラだったかもしれないし。実際、フローラは優秀よ。幼い頃から政治について勉強してきたのか、お母さんもフローラの才能は認めてるしね。そろそろフローラにも幸せになってほしいからね」

「まぁ、確かにな。ってか、コロンもちゃんと大人な対応が出来たんだな。そっちに驚いたよ」

「ぶっ飛ばすわよ⁉」


一方、部屋に残っていたフローラは――

「や……やりましたわっ！　ついにローグさんと結婚！　急いでお父様に知らせなければ！」

興奮気味（こうふんぎみ）にそう口にすると、父アランに向けて手紙をしたため始めた。

「ふふふ、国を回すなんて朝飯前ですわっ！　すでに必要な知識と人脈は確保してありますもの。ようやく手繰（たぐ）り寄せましたわ！　ローグさん……あぁ、ローグさん！」

フローラ・ハレシュナ。ザルツ王国ハレシュナ公爵家長女。

幼（おさな）い頃から父アランにより帝王学を施（ほどこ）された彼女は、その才能をすでに開花させていた。そこに、女王経験者であるバレンシアの知識が統合され、その才能はさらに伸（の）びた。こと戦闘に関しては不得手（ふえて）だが、治世（ちせい）については同年代で並ぶ者はいない。

この時フローラはすでに、勝利を確信していた。

「私を甘く見ましたね、コロン。すでに国を回すためのマニュアルは構築済み……国を空（あ）ける事の多いローグさんですもの、いつかこうなると準備しておいて正解でしたわ。お父様、もうすぐ良い知らせを届ける事が出来そうです、フローラより……と」

フローラは実に強（したた）かだった。

†

この件から、二週間後。

早くも、ギルオネス帝国の腐敗（ふはい）貴族の掃討（そうとう）、闇ギルドの殲滅（せんめつ）が行われ、奴隷解放に動いていたゾルグから、密売されていた奴隷の子供達が送られてきた。なお、捕縛した貴族の裁判があるため、ゾルグ自身はまだしばらくは戻れそうにないとの事だった。

ローグは、子供達を送り届けてくれたギルオネス兵に感謝を述べる。

「ありがとう、確かに受け取った。この子供達はアースガルドで守る。ゾルグにもそう伝えてほしい」

「はい……あの、俺の事、覚えてます？」

「え？」

ローグは、兜を脱いだギルオネス兵の顔を見る。

「えっと……多分……あっ！　確かライオネル将軍と一緒にいた！」

「はい。その節は大変失礼いたしました」

子供達の移送を任されていたのは、ローカルム王国にて戦った、ライオネル将軍の腹心だった男だ。

「解放されたの？」

「はい。実はこの作戦にはライオネル将軍も参戦されておりまして。今はゾルグ皇子と共に裁判に向けて準備しております。それもあって、俺が代わりに来たわけですが……覚えてくださっていて光栄です、ローグ王」

「そっか。ライオネル将軍とは一度じっくり話をしてみたかったんだ。時間が出来たら会いに行くよ。そう伝えておいてもらえる？」

「はっ！　確かにお伝えしておきます！　将軍も喜ぶでしょう。では、俺はこれで失礼します！」

そう頭を下げ、元気に帰っていたライオネル将軍の腹心。そんな彼を見送ったローグは、救出されてきた子供達を見る。

「まだ幼いじゃないか……なんて酷い……ん？」

ローグの目に金髪の子供達の姿が映る。

「あ……れ？　もしかして……エルフ？　あ、リーファが探していた子供達じゃないか！」

「「「……え？　リーファお姉ちゃんの知り合い？」」」

子供達がリーファという名前に反応して目を輝かせる。リーファはかつてローグが助けたエルフの女性だ。

「あぁ、誰か！　ロワを呼んできてくれ！」

数分後、城に常駐しているエルフのロワがやって来た。

「「「ロワだ！」」」

「……ロワお姉ちゃん。やり直し」

子供達から呼び捨てにされたロワは、ムッとした顔で言い直しを命じた。

「「「ロ、ロワお姉ちゃん……」」」

「……ん。ローグ、どうしたの？」

子供達に姉扱いさせて満足しているロワに、ローグが事情を説明する。

「前にエルフの国に行った時にさ、リーファと会っててね。その時攫われたエルフがいるって聞いてたんだよ。で、その攫われていたのがこの子達なんだ。ロワは知らない？」

「ん。私、覚えるの苦手だから」

「……そ、そうか」

あまり呼んだ意味はなかったようだが……そうでもなかった。ロワに懐かれているローグを見た子供達が、警戒心を薄めたのだ。

「お兄さんはエルフの国に行った事があるの？」

「ああ。俺も実はハーフエルフなんだよ。母さんがエルフなんだ」

「な、なら、私達をエルフの国まで……！」

「ああ、任せて。送っていくよ。っと、その前に……」

攫われていた子供達の中には獣人もいた。

先にこちらをなんとかしようと、ローグは彼らに話を聞く。どうやら獣人の子供達は行く宛がなく、さらには養われるより商売がしたいようだった。

　そんなわけで、ローグは獣人達のためにメインストリートに住宅兼食堂を作ってあげた。

　ローグが使い方を説明しながら家の中を案内すると、獣人の子供が声を上げる。

「す、凄い設備ですね……見た事のない道具ばかりです！」

「まだ他の国にはないからね。それらは全て迷宮産の魔導具だよ。魔力があれば誰でも使えるんだ。わざわざ生活魔法を覚える必要もないし、楽でしょ？」

「はいっ！　この冷える箱とか凄いですねぇ……これなら素材も沢山ストックしておけそうです！」

「あぁ。それと、これは俺のサインが入った営業許可証だ。これで今日からここは君達の家だ。好きに使って稼ぐといいよ。俺の国は税金はないからさ、ま、寄付って形で募ってはいるけどね。強制じゃないから安心してくれ。で、君達の稼ぎ次第で君達の自由も増える。何か困った事があったら、いつでも城に相談しに来てくれて構わないからね。頑張れよ」

「はいっ！　あのっ、ありがとうございました！　この恩は一生忘れません。街に来たらぜひ食べに来てくださいね！」

「あぁ。それじゃあ、またな」

　ローグは、獣人達に与えた店を後にした。

それからエルフの子供達を連れ、エルフの先代の王である、エルンストの家へ転移する。

エルンストが立派な髭を弄りながら尋ねる。

「おや、ローグではないか？　どうしたのじゃ？」

「攫われていたエルフ達を仲間が助け出してきたので、届けに来ました。確認してくれます？」

子供達はエルンストの前に並び、頭を下げる。

「「「エルンスト様っ‼」」」

「お前達……無事じゃったのか！　すぐにリーファを呼べ！　急いで確認させるのじゃ！」

「は、はいっ！」

そこに、ローグの母親であるフレアが現れた。

「さすが私の息子ねぇ〜。誘拐事件を解決してくるなんて……偉いわよ、よしよし」

「ちょ、母さん！　皆見てるからさ！　それにこれは俺の仲間が解決したの！」

「おほほほっ。照れない照れない」

ローグがフレアに頭を撫でられていると、リーファが血相を変えて現れる。

「ローグ！　久しぶりだなっ！　攫われていた子供達は⁉」

「お？　リーファ、久しぶり。子供達はここだ。仲間が助け出してくれたんだ」

「な、何っ！　本当か⁉」

リーファはエルフの子供達の数を数えると、ローグに言う。

「確かに全員いる。ローグ！　ありがとうっ！」

リーファは正面(しょうめん)からローグに抱(だ)きつき、身体(からだ)を押し当てる。

それを見たフレアが嬉(うれ)しそうに言う。

「あらあら、ローグったら……モテモテねぇ～」

「ローグ……貴様……ワシからロワを奪っただけでは足(た)りんというのかぁぁぁぁっ！」

エルンストの言葉にリーファが驚く。

「ロ、ロワ様が……？　今、ロワ様はローグの所に⁉」

「あ、ああ。そうなんだよ。なんか懐かれちゃってさ」

ローグが照れながら言うと、リーファはさらに身体を押し当てる。

「ローグ、私もお前の国に行くぞ」

「え？」

「誘拐事件もこれで解決だ！　私の役割は終わった。エルンスト様、国を出る許可を！」

リーファはそう言うと、エルンストに向かって深々と頭を下げた。

「ふむ。構わぬ。好きにするが良い」

「ありがとうございます！」

そのやりとりを見ていたフレアが、ローグに声を掛ける。

「ローグ、ローグ」

「何、母さん？」

「私、早く孫を抱きたいわ！」

「そんな暇はないのっ！　俺にはまだまだやらなきゃいけない事ばかりだってのに！」

「えぇ～、お母さんお婆ちゃんになっちゃうじゃない」

「……昔から見た目変わってないくせによく言うよ……」

　そこにリーファが加わる。

「よし、今すぐ子作りしよう！　ローグ！」

「よしじゃない！　……全く。とりあえず一旦落ち着こうか、リーファ。気持ちはわかったからさ」

「わかってくれたか！」

　ローグは真剣な表情になると、リーファに言う。

「リーファが本気だって言うなら……そうだな、アースガルドに来て騎士になれ。そこで何か成果を出せたら、その時は望みを叶えよう」

「ほ、本当かっ！　エルンスト様、お世話になりました。私はアースガルドに行きます。騎士として成果を出した暁には……ぶふっ……は、鼻血が……」

　何を想像したんだリーファは……そう思ってローグは呆れてしまう。

　鼻をつまむリーファに、エルンストが声を掛ける。

「止めても行くんじゃろ？　全く……ウィズ達といい……エルフの国からアースガルドに人材が流れてばかりじゃな」

「なにぃっ⁉　ウィズ達も⁉」

　驚いて声を上げるリーファ。

「うむ。先日アースガルドに向かって旅立ったわい。騎士になるとか言っての」

「ロ、ロロロ、ローグ！　お前まさか……」

「俺は何もしてないぞ？　彼女達とは地下迷宮でパーティーを組んだだけだ」

「そ、そうか。ならば良い。ウィズ達を超えれば……子供は百人は欲しいなぁ……私達は長寿だからなぁ～。毎年生んで、およそ百年……早く成果を挙げねば……！」

　やたらとやる気に満ちているリーファに、ローグは腰が引けていた。

（な、何か無茶苦茶言ってる……！　ヤバい……間違っても手柄は与えないようにしなければ……）

　最後に、エルンストが今回の件をまとめる。

「とりあえずじゃ、これで攫われていたエルフの件は解決じゃな。ワシからも礼を言うぞ、ローグよ」

「いえ、ハーフとはいえ俺もエルフなので。困っていたらいつでも力になりますよ」

ローグがそう言うと、エルンストがフレアに声を掛ける。

「すまぬな。ではフレア、修業の続きだ。行くぞ？」

「はぁい。じゃ、ローグ、皆と仲良くね？　あと次は孫を連れてきてね」

「それは最短でも一年は来るなという事かな？」

ローグの言葉に、フレアは申し訳なさそうな表情で答える。

「これからは本格的に修業に入るからね。あまり会う時間が取れないのよ。寂しいけど泣かないでね？」

「泣くか！　まぁ……頑張ってね、母さん」

「うふふっ、はぁ～い」

フレアはそう返答すると、エルンストと共に世界樹の地下迷宮へ消えていった。

「じゃあ、俺達も行くか。リーファ、来てもらって悪いけど、俺はしばらく国を離れる。俺がいない間は、今アースガルドに向かってるウィズ達と合流してくれ」

「そうか、まだ他にもライバルがいたか。どうしてくれようか……」

若干闇堕ちているリーファを連れ、ローグはアースガルドの城に戻るのであった。

†

　ローグが城に戻ってから二週間後。

　ギルオネス帝国での後始末を終えたゾルグが、アースガルドに帰還した。ローグは、帰ってきたゾルグから貴族達がどうなったのかを聞く。

「まずベルド伯爵は反逆罪、違法奴隷売買、殺人未遂罪で死刑だ。また彼の一族も犯罪奴隷落ち、爵位と領地は没収となった。次いでロンド男爵だが、彼は違法奴隷売買、殺人未遂罪、それと調べたら横領が発覚したので横領罪と脱税、諸々含めて死刑だ。彼の一族もまた犯罪奴隷に落とされた。さらに爵位と領地は没収だ。最後にミゲル男爵、彼は素直に罪を認めて抵抗しなかった事から、違法奴隷売買の罪だけとなった。罰は爵位と領地の没収、本人のみ犯罪奴隷落ちとした。以上だ」

　ローグはゾルグの報告を黙って聞いていた。聞き終わると、ゾルグにこう告げる。

「ずいぶん早く終わったんだね？　正直もっと掛かると思ってたんだけど」

「ああ。実のところ、すでに内偵は済んでいたのでな。闇ギルドのアジトに購入者リストもあった事から、奴らも言い逃れが出来なかったんだよ」

「そっか。じゃあ全て片付いたんだね？」

「いや、それがな……空位となった爵位と領主を選定せねばならぬから、俺はしばらくギルオネス帝国に滞在する事になった。すまないが、バロワ聖国には俺抜きで行ってもらえるだろうか？　俺は事が片付いてから、アースガルドへ戻ろうと思う」

「わかった。理由がそれじゃ仕方ないね。俺はゾルグとの旅を楽しみにしていたんだけどなぁ。ま、事情が事情だし……また今度誘うよ」

ゾルグは本当に残念そうにしながら頭を下げる。

「すまんっ！　本当は行きたいのだが、まだ弟だけに任せるには、奴は力不足でな……申し訳ないっ！」

「ははっ、あまり気にするなって。機会はいくらでもあるだろうからさ」

「あ、あぁ！　次こそ必ず……！」


その翌朝、ローグはフローラに国を預け、ゾルグをギルオネス帝国へ【転移】で送り届けた。そしてジュリア、コロンと共にバロワ聖国行きの馬車に乗り、東へ向かう。

ジュリアが不意に言う。

「移動っててっきり歩きかと思ってたら、馬車があるんだったね。すっかり忘れてたよ」

「ジュリアはいつも路銀がないから、最初から馬車が選択肢に入ってなかっただけでしょ？」

「うっ……まぁ、はい。節約したかったのよぉっ」

コロンとジュリアが楽しそうに談笑している。ジュリアはローグに向かって言う。

「それより……馬車ってお尻が痛いわねぇ。ね、ローグは平気なの？」

「ふふっ、俺をよ～く見るといい」

そう言われて、ジュリアはローグを観察する。

しかし、ローグに特に変わった様子はなかった。

その時、再び段差の衝撃がジュリアの尻に響く。だが、ローグはまるで何事もなかったかのように、涼しい顔をしていた。

ジュリアはローグが座っている場所を横から見た。

「あっ！　あぁぁぁぁっ‼　う、浮いてるっ！　なにそれ⁉　ズルいぃぃぃっ‼」

「やっと気付いたか。観察が足りないな、ジュリア。黙って座っていても退屈だろ？　時間があるなら修業しないとね。俺は今スキルではなく、風魔法の【フライ】で僅かに座席から浮かんでいるんだよ。魔力制御の鍛練のつもりでジュリアもやってみたら？」

言われた通りジュリアもやってみるが、難しくて上手くいかない。

ただ浮くだけならまだしも、馬車のスピードに合わせて横移動もしないといけないのだ。

ローグはこれを平然とやってのけていた。

「む、難しいっ……！」

「これが出来るようになると、魔法を行使する際の魔力操作がスムーズになるんだ。結果、無駄な魔力消費を省き、行使までの時間もかなり短縮出来るんだよ」

「無理よこんなの～っ！　いきなりなんて出来るわけないよぉっ！」

駄々をこねるジュリアに、ローグは溜め息を吐く。

「はぁ、仕方ないなぁ。じゃあ俺に掴まって浮く訓練だけやればいいよ。それだけでも長時間魔力を使う事になるし。良い訓練になると思うよ」

「ううっ……意外とスパルタね……」

「修業はジュリアのためにもなるでしょ？　せっかく良いモノを持っているんだし頑張れ」

「ううっ、はい……」

それからバロワ聖国に到着するまで、ジュリアは魔法の訓練を行った。一方、コロンは開始早々に諦め、段差と格闘するのだった。

その後、御者が「もう半刻ほどで着く」と言ったあたりで、ジュリアは自在に【フライ】を操る事が出来るようになった。

「自由に浮くってこういう事なのね！」

「ああ。飛べるだけで回避出来る罠や魔法なんかもあるからね。常時浮ければ良いんだけどさ。どうやらジュリアはまだ魔力が足りないみたいだ。使うなら迷宮探索の時が良いだろうね」

迷宮には、踏んだだけで作動するトラップが山のようにある。ローグの言う通り、常に浮かんでいられれば、【罠察知】スキルのないジュリアでも罠を回避出来るだろう。

そこへ、コロンが焦ったように口にする。

「わ、私は【罠察知】も【罠解除】もあるから浮かなくても平気だし！」

ローグは、コロンにはいつか厳しい修業を積ませないと、と考えるのだった。

「さて、やっと街が見えてきたな。修業はここまでにしよう。もう道も悪くないし【フライ】を解除しようか」

ローグはそう言うと、ふわりと腰を下ろす。ジュリアも魔法を解除して隣に座った。

ジュリアがローグに話し掛けようとすると、そこで御者から声が掛かる。

「お客さん、着きましたぜ！　あれがバロワ聖国の首都、ベラドーナでさぁ」

ローグ達が見上げると、目の前には高くそびえる外壁と分厚い鉄製の門があった。馬車が入場の列の最後尾で止まる。

ローグは馬車を降り、御者にお金を渡しながら言う。

「ありがとう、世話になった。これ代金ね。気を付けて帰ってくれ」

「へいっ、毎度っ！　ダンナ方もお気を付けて！　……最近バロワには変な噂がありやすから」

ローグは少し気になった。

「なんです？　その変な噂ってのは？」

「へぇ。まぁ、眉唾なんですがね。なんでも男が夜に一人で街を歩いていると、いきなり暗闇から声を掛けられるそうでして……『ねぇ、あなたは私を満足させられるかしら？』とねぇ。夜の誘いかと思うでしょうが、そうじゃねぇようで、声を掛けられた奴はそのまま人気のない場所に連れていかれ……戻ってこなくなったそうでさぁ」

「そうか。一応、気に掛けとくよ。興味深い話をありがとう。これはチップだ。受け取ってくれ」

そう言い、ローグは御者に追加で何枚か金貨を握らせた。

「っ⁉　こ、こんなにもらえませんって⁉」

「いや、もらってくれ。今の話は聞いておいて良かった。これは一大事かもしれないからね。まぁ、気のせいなら良いんだけど……」

「おや？　まさか何か心当たりが？」

「まぁ……ね。多分深く関わらない方が良いよ？　命が惜しいならさ」

「へ、へぇ。じゃあ、あっしはギルオネスに戻りやすんで、近くにいらした時はぜひまた使ってくだせぇ！　ではまたっ！」

御者は元気よく言って離れると、西に向かうという客をすぐに捕まえ、ギルオネス方面へ帰っていった。

ジュリアがローグに問い掛ける。

「ねぇローグ？ 今の話……信じるの？」

「半々かな。とりあえず、お前達は夜出歩かない方が良いだろう。俺の勘が当たっていれば……相手はおそらく魔族だ」

「ま、魔族!? この街にも!? それって大変じゃないっ！」

驚くジュリアに、ローグは首を横に振る。

「いや、まだ確証がない。勘が当たっていない事を祈るしかないよ。お、どうやら俺達の番らしい。行こうか」

街へ入るために門に繋がる列に並んでいたローグ達だったが、いよいよ順番が来たので門へと近付く。

「身分証はありますか？ なければ、一人小金貨三枚になりますが」

「これで良いかな？」

そう告げ、ローグはギルドカードを門番に提示する。

門番はカードを受け取り、腰を抜かした。

「ゴッ、ゴゴゴ……ゴッドランク冒険者っ!?」

その門番の声で、途端に周囲がざわつく。ローグは慌てて門番に言う。

「しっ、早く立って。あまり騒ぎになりたくない」

「あっ、し、失礼いたしましたっ！」

「いいよ。で、中には入れるのかい？」

「はいっ！　ようこそ、ベラドーナへ！　歓迎いたします！」

「ふふっ、大げさだなぁ。じゃあ皆、行こうか」

「「お～っ！」」

こうして、ローグ一行はバロワ聖国首都ベラドーナの街へ入るのだった。

†

ベラドーナの街に入ったローグ達は、まず拠点（きょてん）とする宿を確保した。

当初は、冒険者ギルド本部でギルド設立申請をするだけだったので、数日だけ滞在するつもりだった。だが、先ほど御者から聞いた情報が気になったローグは、宿に一月分の滞在料金を支払っておいた。

ローグは二人に向かって言う。

「ジュリア、コロン。俺はこれから冒険者ギルドの本部へ行ってくる。少し時間が掛かるかもしれないから、二人はゆっくりと街の観光でもしててくれ。はいこれ、おこづかいね」

ローグはそれぞれに黒金貨を一枚ずつ手渡す。

「さっすがローグ～！　ジュリア、服見に行こっ、服！」

「賛成！　ベラドーナって色んな国の人が集まってるから、世界中の品が手に入るみたいよ！　服も料理もね」

「そうなの？　楽しみっ！　早く行こっ！」

ローグは色めき立つ二人に注意を促す。

「お前達、夜になる前にちゃんと帰ってこいよ。不審者に襲われるかもしれないからな？」

「「はぁ～い」」

二人はそう返事をすると、大金を握り締めて街へ走っていった。

「さて、俺は冒険者ギルド本部に行ってきますか」

ローグは街の様子を軽く見物しながら、本部へ向かった。


ベラドーナは水の都と言われている。他の国では滅多に見られないような綺麗な街並みが有名で、活気があった。

実に平和で良い雰囲気だと、ローグは感じていた。

ローグがのんびりと本部に向かって歩いている途中、例の噂について話している三人の女冒険者達と遭遇する。

「あのパーティーのリーダー、まだ帰らないらしいわね」

「あぁ、あの依頼を受けた彼？」

「ええ。消えてからかれこれ一週間、なんの連絡もないみたいよ」

「怖くなって逃げたんじゃないの～？」

「「あはは、あり得る～」」

ローグは噂話をしていた女冒険者達に声を掛ける。

「すまない、ちょっと話が聞こえてね。今の話は例の噂の話かな？」

女冒険者達はローグを見て、黄色い声を上げる。

「「「イ、イケメン‼　きゃあきゃあっ！」」」

それから女達は、今話していた事を一からローグに伝えた。

一週間前にこの街に来た男一人、女三人のパーティーが、冒険者ギルドで例の深夜の失踪事件の調査依頼を受けた。パーティーのランクはゴールドで、そこそこ強い。それにもかかわらず、パーティーのリーダーの男は消息を絶った。その後、残された女三人のパーティーメンバーは、毎日街に出てリーダーを探している――

そんな彼女ら三人が泊まっているのが琥珀亭で、偶然にもローグの宿泊している宿と同じだ。

ローグは、後でその三人に詳しく話を聞こうと考え、教えてくれた女冒険者達に礼を言い、再び本部へ向かうのだった。

本部には、フローラがギルド設立の申請を手紙で知らせておいてくれたので、手続きはサインをするだけで終わった。だがそれとは別件で、冒険者ギルド本部から直々に、ゴッドランクであるローグ指名で依頼が出された。

ベラドーナの街で行方不明になった冒険者十名の捜索依頼だ。

ローグは依頼がなくとも調査する気だったのでそう伝えると、冒険者ギルド本部からとても感謝された。

その後、ローグはギルド本部職員から、行方のわからなくなった冒険者達の情報が書かれた依頼書を受け取り、ひとまず宿へ戻った。

宿に隣接している食堂で、件のパーティーメンバーが見つかった。ローグは女達に声を掛ける。

「君達のリーダーがどうやって消えたか、知っていたら教えてほしい」

ローグは虹色のギルドカードを見せた。

「ゴ、ゴッドランク冒険者っ⁉　は、はいっ！　私達が知っている事は全て話します！」

詳しく話を聞いたところ、次のような事だった。

その日の深夜、メンバーは酒場でクエスト達成の祝いをした。結構な量の酒を飲んでいたようだ。

そして酒場も閉まる時刻となったので、酒場からこの宿に向かって歩く。

帰り道、突然、メンバーの目の前の空間が裂けた。中から現れたのは、白い腕が二本。腕はそのままリーダーの男を裂け目へ引きずり込んでいった——

パーティーメンバーの女が悲痛な表情で言う。

「彼が無事かどうかわかりませんが……お願いします！　どうかこの事件の犯人を捕まえてくださいっ！」

「ああ、出来るかどうかはわからないが、俺なりに全力を尽くすと誓うよ」

ローグは女達に向かって笑顔で言うのだった。


その後、ローグは自室に戻った。

そして消えた十人について考察を始める。

「行方のわからなくなった冒険者は十名。その全てが男。レベルは200から250。消えた時間は、夕方、深夜、早朝、真っ昼間とバラバラだ。ただし、人気のない場所で消えたというのは共通している。被害者は皆攻撃タイプで、前衛をメインにしている。そして……全員顔が良い男……か」

これらの情報をもとに、ローグは結論づける。

「やはり犯人は魔族だな。魔族は人から負(ふ)の気(き)を集めている。空間内へ引きずり込まれた男達は、そこで拷問(ごうもん)を受けたかもしれない。だが、今のところ死体は一つも見つかっていない。彼らの装備(そうび)の類(たぐ)いもだ」

だが、いくら考えたところで推測(すいそく)の域(いき)を出なかった。

「これはもう実際に体験するしかないかな」

ローグはその考えに至(いた)った。

彼は宿の受付に「今夜は戻らないから、仲間が来たらこの手紙を渡してほしい」と言って手紙を預けると宿を出た。

そして今、ローグは人気(ひとけ)のない場所を時々通るようにして、街を見物していた。

「夕方でもまだまだ活気があるよなぁ～。色んなギルドの本部があるせいか、人の数が凄いし。冒険者も高レベルな者が結構いるみたいだ。もしかしたら近くに良い狩場(かりば)でもあるのかな？　今回は長くいないから仕方ないけど、もし機会があったら少し調べてみようかな」

そんな事を考えながら歩いていると――

突如(とつじょ)目の前の空間が裂け、中から細く白い腕が二本伸び、ローグを引きずり込んだ。その時、ローグは心の中で笑っていた。

（よし、ビンゴだ。さて、相手はどんな奴かな？）

ローグは微かに笑い、空間の裂け目へ吸い込まれていくのだった。

†

ローグは周囲を冷静に見回していた。

空間内は地面が見えない。

だが、しっかりと足は地に着いているし、踏み込める。天井は高く、空間全体は果てしなく広く見えるが、おそらくどこかで行き止まりだろう。

軽く見渡した感想としては、思っていたよりも広く、そして薄暗い。

そんな不思議な空間を観察していると、突然背後から声を掛けられた。

「あら、あなた……今までの人間と違ってあまり驚かないのね？　ちょっとつまらないわ」

「それはすまないね。俺はこうなる事を望んでいたから、驚いてないだけさ。知らずに吸い込まれていたら驚いていたかもね」

そう言い、ローグは後ろを振り向いた。

そこには、銀髪で赤い瞳を持つ美女が挑発的な衣装を纏って立っていた。ローグはその

者に問い掛ける。

「さて、お前……正体は魔族だろ？　目的はなんだ？」

女は一瞬呆気に取られていたが、すぐにうっすらと嗤い、自己紹介を始める。

「あら、魔族の事を知っているだなんて……なら、話は早いわね。私は十魔将が一人、異空のジュカ。目的は……そうね、良い男をコレクションする事かしら」

そう言ったジュカは、自身の後ろに空間を開き、十名の男の姿を覗かせた。

ローグが依頼書で見た顔だった。人数も一致している。

全員無事のようだが、微動だにしないところを見ると意識はなさそうだと、ローグは一瞬にして感じ取った。

冒険者達は目を瞑ったまま、空間に手足を取られて空中に固定されている。

「うふふふふっ……どうかしら？　みぃ〜んな、いい〜男でしょう？　私は良い男を集めるのがだぁい好きなの。あなた、望んで来たと言ったわよね？　もしかして……この人達を助けに来たのかしらぁ？　……でも、ざぁんねん。ここにいる男達は、すでに私のト・リ・コ。捕えてから散々快楽を与え続けたんですもの。今さら戻りたいなんて言う人はいないわ」

そう嗤うジュカの雰囲気が、徐々に怪しさを増していく。

「そして、今からあなたも私の虜にしてあげる……あなたは今までで一番良い男だから……優しくシテあげるわね？　うふふふふふっ」

今にも飛び掛かろうとしているジュカに、ローグは質問する。

「ああ、お前に夢中になる前に一つだけ聞きたい。お前のその能力はなんだ？　魔法か？」

ジュカはゆっくりとローグに近付き、その豊満な胸を擦り寄せながら、ローグの耳元で甘く囁く。

「教えてほしいの？　そうねぇ……知りたいなら体験すれば良いわ。万が一、私に勝てたらここから出してあ・げ・る」

そう口にしたジュカは一瞬でローグの側から消え、元いた場所に戻った。


スキル【空間移動】を入手しました。


「一つだけ教えてあげるわね。十魔将はそれぞれ固有のスキルを一つ持っているのよ。さあ……そろそろ宴を始めましょうか……ふふふふふっ」

ジュカは戦闘態勢へ移行する。

ジュカのスキルを見る事によって入手したローグも刀を構える。

「さあ、楽しみましょう」

ジュカは抑えていた魔力を全て解放した。周囲の空気が重くなる。ローグも相手の強さに合わせ魔力を解放していく。

「あら、あらあら？　強さは私と同じくらいかしらぁ？　あなた、人間にしては中々ヤルじゃない。ますますコレクションに欲しくなったわぁ～」

「俺に勝ったら好きにすればいい。だが、お前が負けたら後ろにいる冒険者は全員解放してもらうよ」

「良いわよぉ～？　勝てるならね？　じゃあ……始めるわよ」

「いつでも来いっ！」

ジュカの腕のあたりにある空間が、微かに揺らいだ。

次の瞬間、ローグの背後からジュカの腕が現れ、ローグの背を攻撃する。だが、貫いたと思われたローグの姿がブレ、その場から消えた。

「残像だ。くらえっ！」

ローグはジュカを背後から斬ろうとした。だが、ジュカは割れた空間に入り、姿を消す。

「また【空間移動】か。これはやっかいな相手だな……」

背後からジュカの声がした。

「あら、気付いたの？　あなた、賢いのね？　そう、私の能力は空間を操るこ・と。アイテムレジストリなんかとは違って、何もない場所に自在に空間を開き、その中で、捕まえた人間をこうして飼う事も出来る。広さも開け閉めも私の意思次第。この空間内で私に負けはないわ」

「……なるほど、持ち運(はこ)び出来る国でも作るつもりか？」

ローグの反応を受け、ジュカは声高らかに嗤う。

「うふっ、うふふふふっ！　そう、私はここに私だけのハーレムを作るのっ！　素晴らしいでしょう？　ここには誰も入ってこられず、ここでは誰も私には勝てない。私はここで女王となるのよぉっ！」

そう宣言するジュカに、ローグが問い掛ける。

「魔王復活は良いのか？　お前達の目的は魔王復活なんだろ？」

その質問にジュカは僅かに反応し、逆にローグに質問を返した。

「あなた……それをどこで？　まさか、すでに私以外の十魔将とでも戦ったのかしら？」

「まぁね。だからお前が魔族なのも、そしてその目的もわかっている。けど、どうやらお前は魔王のためではなく、自分のために動いているようだな？」

ジュカはローグの背後から抱きつき、身体を押し当てる。

「魔王復活……？　それなら戦ったのはリューネかしら？　相変(あいか)わらずバカな女ねぇ……別に私達が動かなくても、魔王はいずれ勝手に復活するわよ？」

「な……にっ⁉」

ジュカはそのまま、驚くローグの正面へ移動し、ローグの顔に手を伸ばす。

「わからないかしら？　私達が直接手を下さなくても、この世の中には悪と呼ばれる者はたぁくさんいるわ。負の気？　そんなもの、そこら中に溢れているわよ。ふふっ、人間は自分達の行いでさらなる災いを喚び起こすのよ。自業自得ってやつね」

その言葉でローグは気付いた。

「そうか！　何もわざわざ手を下さなくても、人間達が欲のまま好き勝手に暴れ、負の気をばら撒いていれば、魔王が復活してしまうのか！　たった十人の魔族でどうするのかと思っていたら、そういう事だったのか！」

「理解したかしら？　私は、魔王が復活して蹂躙を始める前に、良い男をこの空間に囲って楽しむ事にしたの。ここにいれば、たとえ魔王でも手を出せない。あなたも私とここで暮らしましょう？　私にはわかるわ。あなた、本当の力を隠しているわよね？」

ジュカはふわりと空中に浮かび、ローグから離れた。

「お前は人間を害さないと言うのか？」

「私は人間なんてどうでも良いの。ただし、良い男は例外ね。こうして眺めているだけでも幸せになれるもの」

「そうか。ちなみにだけど、この空間を作っているのはスキルだよな？　時間の流れは？」

「もちろん、スキルよ。【亜空創造】っていうの。便利よぉ～？　時間の流れは現実の一万分の一、ここでの一秒が外では一万秒。つまり、およそ二時間四十六分経っているってわけ。さて、あなたがここに来てから何秒経ったのかしら？　うふふっ」

スキル【亜空創造】を入手しました。


「え？」

「それは考えたくないなぁ。では、そろそろここから出るとしよう。【亜空創造】」

ローグがジュカのスキルを使用すると、亜空間に出口が現れ、捕まっていた男達も一緒に現実空間に戻った。

「バ、バカな！　私の空間がっ⁉」

「ここまでだ、ジュカ」

ローグは【空間移動】でジュカの背後を取り、首に手刀を落とした。

「かはっ……！　あ、あなた……！」

「残念だが、俺にはやらなければならない事があるし、帰りを待つ者がいる。ここで長々とお前に付き合ってやる暇はない。このまま魔界に帰り、二度と人間を攫わないと誓うなら助けてやる。従わないなら、お前のコアを貫いて終わりだ。どうする、ジュカ？」

ジュカはローグに恐怖した。本能が逆らってはいけないと警告している。ジュカは自慢の空間内で初めて敗れ、力の差をまざまざと見せつけられた。

死にたくないジュカは、必死になって助けを乞う。

「わ、わかったわ……もう人間は攫わないし、あなたに従います！　従うから……助けてっ！　お願いよっ！」

「ふうっ、じゃあジュカは今から俺のモノだ。絶対服従だよ？　俺の許可なく力を使ったら、酷い目に遭わせるからね？」

「は、はいっ！」

ローグはジュカの手を取り抱き起こす。

ジュカは空間内では最強のはずだったが、相手も空間系のスキルを使うとなると話は変わってくる。一方的に空間内を移動し、死角を突いて攻撃出来なければ、地力がそんなに強くないジュカは十魔将でも下位となるのだ。

「ジュカ、一緒に来てくれ。君の事を仲間に説明しなきゃならないからな」

「わ、私より強くて格好いい男……素敵っ！　ええ、どこまでもついて行きますともっ！」

こうして、ローグはジュカを下し仲間にした。

攫われていた男達は、空間内に入ってからの記憶をジュカが綺麗に消し去り、冒険者ギルドの前に放置した。

スキル【記憶操作】を入手しました。


「お前、十魔将のスキルは一人一つって言わなかったっけ？」

「ああ、あれは最低一つって意味ですよ？　曖昧（あいまい）な言い方で申し訳ありませんでした」

「全く……もう隠しているスキルはないよな？」

「はい、ありません。ご主人様！」

いきなりのご主人様呼びに、ローグはがくりと肩を落とした。

「な、なんだよ、ご主人様って⁉」

「あなたはこれから私を使役（しえき）するのですから、そう呼びましたが、ダメでしたでしょうか？」

「はぁ……まぁ、いいや。ほら、行くよ？」

「はいっ！　ご主人様ぁっ！」


ローグはジュカを連れて宿へと戻った。宿の入り口に着くと、ローグの姿を確認したジュリアとコロンが駆（か）け寄ってくる。

「ローグ！　あなた一ヶ月もどこに行ってたの⁉」

「そうよっ！　めちゃくちゃ探したんだからねっ！　それがまさか……この浮気者（うわきもの）ぉぉぉ

おっ！」

ローグがジュカを連れているのを見たコロンが、右ストレートを放つ。だが、ローグは余裕でそれを受け止める。

「一ヶ月……そんなに経っていたのか。すまない、実は少し時間の流れが違う場所にいたんだよ。例の行方不明者が出る事件を解決してきたんだ。断じて浮気なんかじゃないよ。先に、この宿にいる冒険者達に、消えた仲間の事を伝えないといけないから、少し待っててくれるかな？」

「行方不明……あ、もしかして！」

ジュリアはジュカを見て、あらかた気付いたようだ。

それからローグはジュリア達を待たせ、仲間を攫われていたパーティーに声を掛け、仲間が無事救出された事、冒険者ギルドで待っている事を伝えた。

すると彼女達はローグに礼を述べ、すぐさま冒険者ギルドへ走っていった。彼女達の背を見送りつつ、コロンがローグに向かって言う。

「さて、何があったのか事情聴取といきましょうか？　ローグ？」

「あぁ。部屋に行こうか」

ローグは二人を連れ、部屋に入った。そして事の顛末を一から説明していった。

「……この人が魔族でこれから仲間？　大丈夫なの？　危険はないの？」

「私は最早ご主人様の駒。無闇に力を使う事はありません。安心してくださいませ」

コロンは一応納得した。ローグが仲間にすると言ったのだから、おそらく危険はないだろうと信用しての事だ。その一方で、ジュリアは警戒を続けていた。

ジュカの事は時間が解決してくれるだろうと思ったローグは、三人にこれからの予定を告げる。

「さて、今回の件は一応本部からの依頼だったし、解決の報告に行かないとな。けど、ジュカの事は秘密にしておく。あまり騒ぎにしたくないからね。その辺はボカして説明してくるとしよう。で、その後はいよいよムーラン帝国に向かう。ジュリア、心の準備は良いかい？」

「うっ……またあのクソ皇子に会うかもしれないのね……でもローグがいるから大丈夫！　きっとなんとかなる！　さあ、行きましょう！」

「じゃあ、俺はギルドに報告してくるから、その間ジュカを頼むよ。ジュカ、もし二人に危険があった場合は、スキルの使用を許可する」

「かしこまりました。いってらっしゃいませ、ご主人様」

ローグは一人ギルド本部へ報告に向かった。

ギルド本部には、調査した結果、犯人はサキュバスで、冒険者達は廃墟に囚われていたと伝えておいた。

「なるほど、犯人はサキュバスか。ならば、記憶が曖昧なのも納得だ。彼らも綺麗な女に声を掛けられてから、記憶が朧げだと言っていたしな」

「犯人は倒したから、もう二度とこの事件は起きないでしょう」

「そうか、助かった。それで、アースガルドにギルドを設置したいと言っていたが、誰かギルドマスターのあてはあるのか？」

「いえ、ありません。その、俺じゃダメなんですか？」

本部のギルドマスターは眉根を寄せる。

「お前さんはこれから世界を回るのだろう？　ギルドマスターは、即座に緊急事態に対応出来るように、ギルドに常駐してもらわねばならんのだ。一国の王であり、ゴッドランク冒険者でもあるお前さんには難しいだろう？　書類仕事とかもた～んまりとあるしな？」

「なっ!?　それは困ったな……」

「そこでだ、一つ頼みがあるのだが」

「何か？」

　すると本部のマスターは、部屋に三人の女性を呼び込み、ローグに紹介する。

「次期本部の幹部候補達だ。彼女達を君の街に送りたい。セフィラ、挨拶を」

　セフィラと呼ばれた女が前に出て、ローグに頭を下げながら自己紹介する。

「初めまして、ローグ様。私はセフィラ・チャームと申します。冒険者の最終ランクはプラチナ。以降は、この本部にて次期幹部となるため、日々研鑽を積んでおりました。ギルド関連の事なら私にお任せください。何から何まで全て取り仕切ってみせます」

　セフィラの歳はまだ若いように見えた。眼鏡を掛け、冒険者というよりは研究者といった感じだ。その後ろに並ぶ二人も、冒険者と呼ぶには線が細い。

「その若さでプラチナ……か。中々優秀みたいだね」

「いいえ、私はもう二十五ですよ？　ローグ様こそ、その若さでゴッドランクでしょう？」

「それもそっか。では、アースガルドに作るギルドは、セフィラ、君達に任せる。いつから来られる？」

「今すぐにでも行けますよ。こうなると予想しておりましたので、準備は済んでいます」

　そう言い、三人は魔法の鞄を掲げた。

「ははっ、全部わかってたって事か。まぁ確かに考えが足りなかったよ。ではマスター、彼女達をアースガルドで預からせていただきます」

「ああ。お前達、しっかり頼むぞ。次期ギルド本部は、アースガルドになるかもしれんのだからな。怠（なま）けず励（はげ）めよ？」

「「「はいっ！」」」

（ちょ、アースガルドに本部を置くとか聞いてないぞ）

いきなりそう言われ、ローグは戸惑（とまど）いながらマスターに問い掛ける。

「マスター。今の本部の話、初耳なんですけど？」

「はははっ！　まぁ、いいじゃないか。ゴッドランクで所在（しょざい）がわかってるのはお前さんしかいないんだからな。何かあってもすぐに頼れるように……ってな？」

「上手いように使われる気しかしませんね……まぁ、平和のためならいいんですけど。では、仲間に話を通しに行きましょうか」

ローグは宿へ戻り、セフィラ達をジュリアとコロンに紹介した。

その後ローグは、先にセフィラ達をアースガルドへ送るため、ジュリア達をそのまま宿で待機させ、アースガルドへ転移していった。

†

アースガルドへやって来たローグとセフィラ達。

「はい、到着。ここが俺の国アースガルドだよ」

「「うわぁ……綺麗な街……」」

セフィラ達はアースガルドの街並みを見て、感嘆の声を上げた。

バロワ聖国は水の都と呼ばれる首都を持ち、美しさを売りにした国だったが、ここアースガルドはそれとはまた違う美しさで煌めいていた。

「この地面何かしら……石畳とは違うよね？」

「建物なんかも初めて見る作りだよぉ」

「綺麗な街ですね。嫌な臭いもしませんし、清潔さが窺えます」

「俺の国の家具は全て魔導具だからね。トイレは全家屋水洗で、ゴミ箱はゴミを入れたらその物の価値によってお金になる仕組みなんだ。トイレは公園にも設置してあるから、野外で～なんて事は一切ないんだよ。後でゆっくり見て回ると良いよ。さ、行こうか」

メインストリートを真っ直ぐ進むと、セフィラ達の前に、これまで一度も見た事もないような巨大な塔が現れた。

「はい、到着。一応建物は作ってあったんだ。冒険者ギルドはこのビルの二階部分でお願いしたいのだけれど、それで良いかな？」

セフィラ達は目の前にある巨大な建造物を、揃って見上げていた。

「な、何これ……塔？」

「タワービルだよ。この一棟に、冒険者ギルドや商業ギルドなんかの全てのギルドを入れようと思ってね。その方が色々歩き回らなくても良いから楽でしょ？　中へどうぞ？」

「し、失礼します……」

セフィラ達は中に入り、さらに驚いていた。

「広いし……明るい？　見た事のない綺麗な作りね」

ビルの中は、ローグが異世界の知識から引っ張り出した蛍光灯が灯っており、隅から隅まで明るかった。

なお、この世界に電気はないため、代わりに『魔雷石』を使っている。魔雷石は魔力を流すだけで電力を生み出せる。この魔雷石にドワーフ特製のリミッターを取り付け、電気の代わりにしてあるのだ。

これは、若い女性や子供でも働ける場はないかと考えたうえで、用意したものだ。この世界に生きている者は誰も彼もが魔力を持っている。この魔力充填システムで、誰でもお金を稼げるようにしていた。

続いてローグは、セフィラ達を冒険者ギルドを設置する予定のビルの二階へ案内した。ちなみに、一階部分はエントランス兼アースガルドの案内場にする予定だ。

「じゃあ、もし不足している物があったら、城に申請してくれ。そうすればドワーフが来るからさ。不足な物は、そのドワーフに依頼を出して、作ってもらってね。で、開業準備が整ったら、城にいるフローラ業務代行に伝えてくれ。いつでも開業してくれて構わないからね」

「はい！　冒険者達への依頼や交渉等は私達が行いますので、ローグ様はたまに様子を見に来ていただければと」

「わかった。時間が出来たら顔を出すよ。それじゃあ、よろしく頼んだよ？　【転移】！」

ローグはセフィラ達にギルドの設営を任せ、再びバロワの宿屋へ戻った。

彼は次のように考えていた。

ギルドを深く知りもしない素人があれこれ口を出すより、最初から全て玄人に任せた方がスムーズに事が運ぶ。決して自分が忙しいからと丸投げしたわけではないと。

これだけは大事なので確認しておきたかった。

第二章　ムーラン帝国

ローグが宿に着くと、コロンが出迎えてくれた。

「おかえりローグ。ギルドはどうなったの？」

「あぁ。まだ準備の段階だよ。完成はもう少し先かな。それより、この国にはもう用事はないかな？　ないなら、次の目的地であるムーラン帝国へ向かうけど？」

「ないない。あるわけないじゃない。私達はローグが消えてから一ヶ月近くもこの街でブラブラしてたのよ？　もう見る場所なんてないわよ。ね、ジュリア？」

「うん。でも……あぁぁ、やっぱり行きたくないよぉぉっ」

よほど嫌なのか、ジュリアは駄々をこね始めた。

そんなジュリアを、コロンが説得する。

「大丈夫よ、ジュリア。私もいるんだし。もしムーランの第一皇子が何かしてきたら、私が盾になってあげるよ。なんたって私は、神国アースガルドの第一王妃だからねっ。そんな相手に迂闊(うかつ)な真似(まね)はしないでしょ？」

「コ、コロン～！　絶対に私の側を離れないでね？」

「うんうん。さ、ローグ。そろそろ出発しましょ」

「そうだな。ま、何かあったら俺も動くからさ。大船に乗ったつもりで気楽に行こう」

「ローグ……う、うん！」

そう意気込む中、ジュカは色々想像しているようだ。

「ふふふ、ムーラン帝国ですか。良い男いるかしら？」

ジュカには人間に手を出さないように改めて注意しておくとしよう。ローグはそう思いつつ、宿を出て馬車の発着場へ向かって歩く。

「じゃあ、ムーラン帝国へ向かおうか。また馬車で良いよな？」

地理に明るいジュリアが答える。

「そうね。街道に沿って行けばそのうち見えるから、着いたらまず私の実家に行きましょう」

「わかった。じゃあ、出発するか」

「「「お～！」」」

ローグ達は、ムーラン行きの馬車に乗り、一路ムーラン帝国首都へ向かった。馬車での移動中、ジュリアがローグに問い掛ける。

「ねえ、ローグ？　バロワ聖国は同盟に誘わなくても良いの？」

「バロワは少し特殊な国でね。世界中に支部を持つギルドの本部が置かれているせいで、全ての国に対して中立でなければいけないんだよ。仮に、このバロワ聖国がどこか一国に肩入れしたりすると、国際情勢のバランスが崩れて戦争になってしまうんだ。だから、誰もあの国に手を出してはならないという決まりになってるんだよ。ま、世界全てを敵に回してもいいなら構わないけどね？」

「へぇ～」

今度は、ローグが彼女の出身国ムーラン帝国について質問する。

「それよりさ、ムーラン帝国ってのはどんな国なの？　ジュリアからは皇子がとんでもない悪党って話しか聞いていないんだけど」

ジュリアはムーラン帝国について話し始める。

「地理に関しては、バロワ聖国の南に位置してるわ。国の東側は大きな砂漠地帯になっているの。古代遺跡がどこかにあるらしいけど、今のところ誰も発見出来ていないわ。私の実家があるのは、西側にある首都ナイルよ。首都は緑豊かな所にもかかわらず、大きな塩湖があるの。主な産業は塩加工かな。南側は海に面しているから、漁業なんかも盛んに行われているわね」

「なるほど。塩の加工業に漁業ね。さらに隠れた遺跡があるかもしれないと。中々いい土地じゃないか。もし本当に遺跡があるなら、冒険者向きの土地だね」

ローグはさらに質問する。

「モンスターは出たりする？」

「砂漠地帯はね。そのせいもあって、遺跡の発掘作業がいまいち捗ってないのよ」

「へぇ。じゃあ、討伐クエストなんかも沢山あるんだろうね。しかし遺跡かぁ。もしかして……竜、いるかな？」

「誰も発見してないから、なんとも言えないかな。もしかしたらいるかもね。砂の中なら、滅多な事じゃ外敵も侵入出来ないだろうし。もし詳しく知りたいなら、砂漠の民に尋ねると良いわ。砂漠の民は、昔から砂漠の中で暮らしているしね。遺跡の大体の掘削位置も、砂漠の民が教えてくれたのよ」

そんな話をしていると、いつの間にかバロワ聖国とムーラン帝国の国境が見えてきた。

馬車が国境で止まり、ムーラン帝国への入国の列に並ぶ。

「次の方、どうぞ」

そう呼ばれ、馬車は国境を守る兵の所へ行く。

「身分証はあります……て、これはジュリア様っ‼　し、失礼いたしましたっ！」

兵士はジュリアの顔を見て、頭を下げた。

ローグはその光景を見て、改めてジュリアを見る。

「お前……本当に偉かったんだなぁ……」

「本当にって何⁉　見たらわかるでしょ！　見てよ、この気品溢れるオーラ！」

その叫びに、ローグ、コロン、ジュカは三者三様の答えを返した。

「気品？　溢れる？」

「あ……うん。大丈夫！　私には見えるから！　あは、あははは……」

「失礼、私普段は目を閉じていますので……」

「な、何よっ！　みんなしてっ⁉　ふんっ！」

兵士が申し訳なさそうにジュリアに尋ねる。

「あ、あの～、ジュリア様？　そちらの方々は？」

「新しい従者よ」

「おぉ、そうでしたか！」

ジュリアの言葉にローグが突っ込む。

「誰が従者だよ⁉　ごほんっ！　俺はゴッドランク冒険者兼神国アースガルド王のローグ・セルシュ。はい、これ身分証ね」

ローグは兵士にギルドカードを提示した。兵士はそれよりも、神国アースガルドの王という立場に驚いていた。

「し、ししし神国アースガルド‼　あの神が自ら建てさせた国！　な、何故そんな国の王がジュリア様と……！」

「あ、あはは……実は私ちょっとやらかしちゃってね。死にかけていたところを、このローグ王に救われたのよ。で、今は私の師匠になってもらってるの」

兵士はローグの顔とジュリアの顔を見る。

「よくぞご無事でっ……！　ローグ王、ジュリア様を救っていただき感謝いたします！」

そう頭を下げた兵士は一呼吸置き、ジュリアに国の事情を語り始めた。

「ジュリア様、ムーラン帝国内は今後、大変な事になるかもしれません……」

「大変な事？　なんで？」

兵士は神妙な面持ちで、国内の情勢について語る。

「実はですね、ジュリア様が姿をお隠しになってから、あの豚……皇子は前にも増して色んな女性達に手を出し、その苦情が各地を治める貴族達のもとに届いております。すでに国内の貴族は皇族を見限っており、もしかしたら近いうちに、ムーラン帝国は内乱になるやもしれません……」

それを聞き、ジュリアは呆れた様子を見せる。

「は、はぁ？　あ、あの皇子……そこまでバカだったの⁉　皇帝は？　皇帝は息子に何も言わないの⁉」

「はっ。それが現在、皇帝陛下は病で床に伏しておりまして……それで、今は代行でトング第一皇子が政を取り仕切っているのです。まぁ、実際に動いているのは、大臣や補佐官達なのですが。皇子は最近は気が大きくなっており、何を仕出かすかわかりません。正直もうついて行けませんよ」

ローグは、兵士とジュリアの会話を聞き、唖然としていた。

（は、話には聞いていたが、兵に見切りを付けられるほど酷いとは……）

ジュリアがローグに困った表情で尋ねる。

「ロ、ローグ……どうしよう？　このままじゃムーランが内乱になっちゃうよ！」

「どうしようって俺に言われてもね……俺が関わったら他国への内政干渉となり、さらに争いの種を蒔くだけだし……」

コロンがローグに言う。

「ねぇ、皇帝の病は治らないの？　私のお母さんみたいにさ？」

言われてローグは思い出した。今は元気になっているが、コロンの母バレンシアもかつて病に苦しんでいた。

「それだ！　ねぇ、皇帝の病は何？」

ローグが皇帝の病を尋ねると、兵士は言いづらそうにする。

「申し訳ありません。我々一般兵にはそこまで知らされておりませんので……なんとも。神官なら知っているかと思いますが」

神官と聞き、ジュリアが何か思い浮かんだらしい。

「……ミルナなら何かわかるかも！」

「ミルナ？　誰だ？」

「私にアースガルド行きを勧めてくれた友達よ。首都ナイルにある神殿にいるわ。首都に着いたら、実家じゃなくてすぐに神殿の方に行きましょう！」

「わかった。あ、兵士さん達も色々と情報をありがとう。確約は出来ないけど……なんとか争いにならないようにしてみせるからさ。自棄にならないで、職務を続けてほしい」

「はっ！　どうかジュリア様とこの国をお願いいたします！」

「ああ。ジュリア、少し急ごう」

「そうね。内乱になってからじゃ手遅れになるかもしれないし……急ぎましょう！」


その後、ローグ達は無事国境を越えた。

まずは首都ナイルにある神殿を目指す。ローグは先ほど得た情報について呟く。

「しかしまぁ、話に聞いた通りの酷い皇子だな。ジュリアが逃げ出すのもわかる気がするよ」

「私が始末してきましょうかぁ？　亜空に取り込んでこう……サクッと」

「ぜひともお願いします！」

殺る気満々のジュカに、乗り気なジュリア。

そこへ、ローグがツッコミを入れる。

「お願いしますじゃないよっ⁉　それは本当に最後の手段！　まずは皇帝を病から救い、恩を売る。そして、皇帝自ら愚息を裁いてもらおうじゃないか」

「面倒くさい……サクッと殺っちゃおうよ、ローグ」

ジュリアはトング皇子が絡むと人格が変わるらしい。それほど皇子が嫌いなのだと理解し、致し方ないなとローグは思った。

道中、ジュリアはジュカに簡単な暗殺方法を学ぶほどに真剣だった。ローグは最早無視しようと、景色を眺めていた。

ジュカに色々愚痴って満足したジュリアが窓から外を指差して叫ぶ。

「ローグ！　見えたわ。あれが首都ナイルよ！」

「へえ、あれがそうなのか。中々綺麗な所だな」

街道脇にはキラキラ輝く湖面が広がり、その向こうに大きな都市が見えた。コロンが周囲を見渡して感心している。

「ふむふむ……結構大きな都市だね」

「ムーランは東部がほとんど砂漠だからね、国の住民の九割はここナイルで暮らしているのよ。さて、私はここから顔を隠すから、後はよろしくね？」

そう言ってジュリアはフードを深く被り、顔を隠した。

ちなみに、国境で出会った兵士にはいくらか握らせて、ジュリアが国に戻った事は内密にしておくようにと頼んである。理由は、皇子にジュリアの事がばれたら面倒だからだ。

「さてと、ならまずは神殿からだね。確か……ミルナだっけ、友達の名前。その人を訪ねればいいんだよね？」

「うん」

ローグは御者に行き先を伝える。

「すみません、このままナイルにある神殿の前までお願い出来ますか？」

「あいよ～！」

馬車は注文通り、ナイルにある神殿前へ向かった。ナイルは道の幅が広く作られており、馬車四台が並んで走れるくらいに広い。道の両脇には露店がちらほらと並んでいる。

やがて馬車は神殿前に到着し停車した。

「まいど～、またのご利用お待ちしております！」

料金を払うと、馬車は乗り合い所へ帰っていった。

馬車から降りたローグは、さっそく神殿の周りを掃除している神官を捕まえて話し掛ける。

「すまない、ちょっといいかな？」

「はい、なんでしょうか?」

「この神殿に神官のミルナって人はいるかな?」

「えっ……と、ミルナは私ですが……何か?　え?　あっ⁉　ジュ、ジュリア⁉」

ジュリアはローグの背後から顔を僅かに覗かせ、そこからフードを少し上げて、ミルナに素顔を見せた。

「ただいま、ミルナ。ちょっと訳ありでさ。今、神殿の中で話せるかな?」

「え、えぇ?　と、とりあえず皆さん中へどうぞ」

そこで、ジュカが調子が悪そうにしてローグに話し掛ける。

「私は少し街の様子を見てきますわ（神殿の綺麗な空気なんて、私には無理よぉおっ!）」

ローグにはジュカの心の声がしっかりと響いていた。

「お前……わかったよ。ただし暴れるなよ?　もし皇子関係者が襲ってきたら、その時は亜空に回収しても良いぞ?」

「ふふっ、かしこまりました」

ジュカは街へ向かった。ローグがジュカを見送っていると、ミルナが声を掛ける。

「あの……入らないのですか?」

「あ、ああ。ごめんごめん、さ、行こうか二人とも」

ミルナに促され、ローグ達は神殿の中にある談話室へ向かうのだった。

†

神殿の中に入ってすぐにジュリアはフードを外し、ミルナに抱きついた。

「ミルナぁ～っ！　会いたかったよぉ～！」

「あんっ、もうっ！　ジュリアは相変わらずですね？　先にそちらの方が誰か教えてください よ」

「あ、そうよね。彼はローグ。私の命の恩人で今は師匠でもあるの。で、その隣の女の子はコロン、新しく出来た友達だよ」

「命の恩人？　師匠？？　ジュリア……あなた何してたのっ⁉」

いまいち説明不足な感じのジュリアのせいでミルナが混乱しているので、ローグは自己紹介する。

「ジュリア、その説明じゃちゃんと伝わらないだろ？　えっと、俺は神国アースガルドの王のローグ・セルシュ。隣は妻のコロンだ。縁あってジュリアを助ける事にしたんだよ。よろしくね？」

「ローグ……セルシュ……はっ、そ、そそそその名はまさか……し、神徒様っ⁉」

ミルナは慌てて膝を突き、祈りの姿勢を見せる。

ジュリアはミルナに尋ねる。

「ミ、ミルナ？　どうしたのよ、急に……」

「バ、バカジュリア！　ローグ様は神の使徒様なのですよ⁉　私達神殿の関係者は神からの啓示で彼に従わなければならないの！」

今度は逆にローグが慌てた。

「は、はぁ？　普通、普通でいいから！　楽にしてくれると助かる……ミルナはジュリアの友人でもあるし、ミルナがアースガルド行きを勧めてくれなければ、ジュリアとは出会えなかっただろうし……な？」

「わ、わかりました。では失礼します……」

ローグの許可を得たミルナは姿勢を戻した。その後、立ち話もなんだからと、椅子とテーブルのある部屋へ移動した。

そして、全員が着席した時点で、ミルナがローグ達に神殿に来た目的を尋ねる。ローグはこれまでの事と、この神殿に来た理由を一から順に説明した。

「……なるほど、皇帝陛下の病の治療ですか。確かに、陛下は現在重篤な病を患っておりますが、最早助かる見込みはないかと……少し前にお腹を患い、今は床に伏しておられます。以後満足に食事も取れず、痩せ細る一方。アンブロシアやネクタルも効果はなく、進行を遅らせるか、体力の維持程度しか効きません……」

「そっか、わかった。床に伏したのは数日前だよね？」

「はい」

ローグはスッと席を立ち、ミルナに言う。

「俺に皇帝陛下を診させてもらえるかな？　数日前に伏したのなら、まだ治る見込みは十分にある。おそらくその病は時間が経てば経つほど危険な状態になってしまうんだよ。すぐに皇帝陛下の所まで案内してくれるかい？」

「え、ええっ!?　な、治せるのですか？」

「まぁね。俺が神からもらった知識の中に医術の心得もある。それも、この世界とは比べ物にならないほど先に進んだ医術がね」

「す、すぐに神官長に伝えて参ります！」

ミルナは慌てて部屋を飛び出していった。

「こんな場面があるかなと思って、作っておいて良かった」

ローグはそう言うと、なんでも入る『魔法の袋』から道具の束を取り出し、テーブルに置いた。ジュリアがよくわからず尋ねる。

「それは？」

「……外科手術道具一式さ」

しばらくしてミルナが誰かを伴(ともな)い、戻ってきた。

「ローグ様、こちらは神官長のグレス様です。ここからは神官長が担当いたします」

「初めまして、ローグ様！　お会い出来て光栄です！」

グレスはそう言うと、ミルナと同じように祈りの姿勢に移る。

「またか……あぁ、崩して良いよ、楽にしてくれ。それより、王の診断をしたのはあなたですか？」

「いえ。診断は、王家お抱えの医師団です」

「なるほど。すぐに城まで案内してください。それと、ミルナ」

「は、はい！」

「ミルナはジュリアを頼むよ。城に連れていくわけにはいかないし、ましてやトング皇子には見せられないからね。頼める？」

「わ、わかりました！　陛下をお願いします！」

「ああ、行こう、グレス」

「はっ！　お供いたします！」

ローグはグレスに案内され、城へと向かった。

城に到着すると、グレスの姿を見た衛兵が声を掛けてくる。

「これはグレス様。そんなに慌てられて……どうかされましたか？」

「至急だ！　医師団を集めよ！　これより陛下の治療を開始する！」

「えっ？」

ローグは衛兵に言う。

「頼む、今は時間が惜しい。この国の医師団に俺の医術を見学させたいんだ。再発するかもしれないからね。陛下の治療は時間が経てば経つほど難しくなる。そうなると助かる可能性は低くなるぞ」

「わ、わかりました！　ただちに！」

グレスが連れていた事もあって、衛兵はローグを信じ、すぐさま医師団を呼びに走った。

「では、ローグ様、参りましょう」

ローグはグレスについて行き、皇帝の寝所まで通された。

そこには痩せ細った皇帝が横たわっていた。意識が混濁していそうな皇帝に、グレスは近付き話し掛ける。

「陛下、良い知らせです。こちらのローグ様が陛下の御身を治療してくださるようです」

「グレス……か……ワシは……助かる……のか？」

皇帝は朦朧としつつ、ローグをチラリと見る。

「数日前に伏せられたのでしょう？　開いて見ないと詳しくはわかりませんが、多分助か

ります よ」

「おぉ……た、たの……む……！」

　先ほどの衛兵が、医師団を連れてやって来た。

「グレス様！　連れて参りましたっ！」

「これはグレス様。なんでも陛下の治療を始めるとか……」

　医師団の一人がそう言うと、グレスはローグを紹介する。

「ええ、こちらのローグ様が陛下をお救いくださるのです。皆さん、彼の指示に従ってください。彼は神の使いです」

「「「か、神の使い？？」」」

　困惑する一同。そんな彼らに、ローグはキツい言葉を掛ける。

「今は時間が惜しいと言っているだろう！　医師団以外はすぐに外に出ろっ。出たら、外科手術を開始する。医師団は俺のサポートをしつつ、俺の技術を見るといい」

　ローグは手術用のベッドを袋から取り出し、そこに皇帝を寝かせた。それから彼は【ナビゲート】スキルのナギサと会話する。

《ナギサ、サポートを頼む。どこを切ればいいかマークして視界に映してくれ》

《わかりました。ビギナー用に解説付きで指示します。マスター》

　室内を結界で覆い、無菌室を作り上げたローグは、医師団も驚く手際の良さで皇帝の腹を開いていった。

　皇帝の腹から胃が摘出される。ローグは、魔法で除菌したパレットの上で、その胃から腫瘍を切除した。あまりに手早く行ったので、医師団にはほぼ見えてはいなかった。

　ちなみに皇帝には、対象を眠らせる【スリープ】と麻痺させる【パラライズ】を掛け、体力を徐々に回復させる【リジェネ】を施してある。

　ローグは切除した腫瘍を医師団に見せる。

「見えるか？　これが王の病の元だ。取り出した胃は、他に異常がないか確認してから戻す」

　ローグは取り外した胃をナギサに確認させる。

《ナギサ、他に病巣はないか？　スキャンしてくれ》

《はい…………ないですね。悪性腫瘍はまだ初期の段階であり、今のところ他の臓器に転移はありません。これで大丈夫なはずです》

《わかった》

　ナギサによる確認後、切断した部分を再び回復魔法で繋ぎ、【クリーン】と【ヒール】を掛けながら腹を閉じる。

　ローグはふと思う。

（魔法って便利だな。異世界の知識じゃ魔法はなかったからな。お陰でだいぶ時間を短縮

出来た）

手術が終わり、ローグは皇帝に掛けた【パラライズ】を解除し、体力アップの魔法を施した。

「よし、これで大丈夫なはずだ。しばらくは胃に優しい物を少量ずつ摂取させてやるといい。出来ればスープ状で、栄養価の高い物が望ましいかな」

「これが病の元……か」

医師団の者達は、切除された部分を見て驚いていた。しばらくして、医師団の代表がローグに語り掛ける。

「いや、良いものを見させてもらいました。早すぎてよくわからないところもありましたが、これから学ばせていただき、私達の医術はさらに進化していくでしょう。そして……陛下を助けていただき感謝いたします。後の経過観察は私どもにお任せください。何かあればグレス様にお伝えしますので、しばらくの間はこの国に留まっていただければと……」

「わかった、後は任せます。では、俺はこれで。くれぐれも無理はさせないようお願いしますね。グレスさん、行きましょうか」

「「ありがとうございました！」」

医師団は頭を下げ、ローグを見送った。

その帰り道、グレスがローグに問い掛ける。

「陛下はどうでしょう？　助かりますでしょうか？」

「ええ、大丈夫ですよ。病は取り除きました。後は体力が戻れば職務にも復帰出来ます。今回は発見が早かったので助かったようなものですよ」

「そ、そうですかっ！　いやぁ、さすが神様の使い！　正直驚きました。ローグ様、陛下を助けていただき、ありがとうございました」

「いえ。今回の件は自分のためでもありましたので。それと、手術はいい経験になりました。こちらこそ、ありがとう」

ローグの傲らない姿勢に、グレスは感服していた。

「なんて素晴らしいお方だ……あれだけの力を持ちながら、人を救うその心意気……尊敬いたします」

「そんな事はないよ。言ったでしょ？　自分のためだって。皇帝が元気になったら、今の言葉の意味もわかるでしょう」

こうしてローグは皇帝を救い、神殿へ戻るのであった。

†

手術を終えてから半月後。

神殿を仮住居にしていたローグに、医師団の方から連絡が入った。まだ本調子ではないが、歩けるまでに回復した皇帝は、ローグに直々に礼をしたいと言っているそうだ。ローグは快諾し、さっそく医師団と共に城へ向かう。

皇帝は自室の机の前に腰掛け、ローグを出迎えた。

「おぉ、そなたがローグ殿か。この度は大変世話になった。もう少し回復したら、皇帝として復帰出来るだろう。ローグ殿、改めて私の口から礼を言わせてほしい。ありがとう、恩に着る！」

皇帝は深々と頭を下げた。その顔色は、健康な状態と言っても良いほどに回復していた。ローグは皇帝の礼を受け、敬礼する。

「いえ、俺は俺に出来る事をしただけですので。陛下の命を救えて何よりです。それより、本日のご用件はこれだけでしょうか？」

皇帝は回復したというのにもかかわらず、何やら気落ちした様子だった。深く溜め息を吐き、医師団を見る。

「いや、ここからがローグ殿を呼んだ本題なのだ……すまぬが、人払いを頼む」

皇帝がそう言い、部屋には皇帝とローグのみが残った。

「わざわざ人払いまでして何を？」

「わかっておるじゃろ？　私の愚息、トングの事じゃ。あやつめ……私が病に伏してからやりたい放題だったようでな……病から回復した私の所に、関係各所からの苦情が後を絶たんのだよ……」

ローグも様々な場所で皇子の噂話を耳にしていた。その噂に良いものはなく、全てが悪評のみだった。逆に、ここまで話通りの人物は初めてだとローグはむしろ感心していた。

「まぁ……半月ほどしかムーランにいない俺でもわかるくらいですし。親である陛下はさぞご苦労が絶えないと思います。同情を禁じ得ないですね」

「はぁ……わかってくれるか。このままではムーラン帝国は私の代で終わってしまうだろう。ローグ殿、不躾だが、同じ王として何か良い案はないかのう？」

ローグは少し考え、皇帝に問い掛ける。

「他に子はいないのですか？」

「うむ、いるにはいるのじゃが、まだ幼いうえに女子なのじゃよ。女帝にするにしても、成人まであと三年ある。それまでに愚息をなんとかせねば、この国は民から見捨てられるだろう」

「では、トングには罪を負わせ、継承権を剥奪したらどうでしょうか？　幸い皇子は女に目がないらしいので強姦罪などで訴えられれば……民もそんな皇帝は嫌でしょうし。そしたら、次期皇帝はもう一人の子が継げるのでは？」

ローグの案を聞いて、皇帝は悩んだ。愚息とはいえ、血の繋がった息子を裁かねばならないのだ。しばらく悩んだ後、国の行く末を思った皇帝は、ローグの案を受け入れた。

「それしかないか……うむ、手間を取らせたの。後はこちらで処理するとしよう。何から何まですまぬ」

皇帝はローグに頭を下げた。ローグはジュリアの事を思い出し、皇帝に提案する。

「いえ。それで、実はこちらからもお願いしたい事が何件かあるのですが」

「なんじゃ？　命の恩人の頼みじゃ。無下には断らんぞ？　申してみよ」

「はい、まず一つ。俺の国、神国アースガルドと同盟国になっていただきたいのです」

「その話は神官からも聞いておるよ。なんでもローグ殿は神の使いだとか……西部の戦を治めたのも、アースガルドじゃと聞いた。むしろこちらから同盟をお願いしたいと思っておった」

「それでは後ほど調印式を開きましょう。時期はそうですね、トング皇子が断罪されてからが良いでしょう。皇子で落ちた国のイメージが少しでも回復出来るようにと」

「うむ、それが良いじゃろうな。それで、まだ何かあるかの？」

ローグはいよいよ本題に入った。

「俺としては同盟よりこちらがメインなのですが、このムーラン帝国の筆頭貴族にアンセム家があるでしょう？」

「うむ、昔からアンセム家には世話になっておる。それが？」

それからローグは、ジュリアが皇子との結婚が嫌で家を捨て国を出ていた事を皇帝に告げた。

「なんと……そうであったのか……」

「皇子はもう終わりです。なので、陛下からアンセム家へ、皇子とジュリアの婚約を破棄するとお伝えていただきたく……」

「うむ、急ぎアンセム家へ伝えよう。願いはもうないかの？」

「はい。俺はこの二つさえ叶えば、もう満足ですので」

「うむ、そうか。では、急ぎ愚息を罰するので、もうしばらくこの国に留まってもらえると助かる」

「わかりました。では、俺はジュリアを連れてアンセム家に行こうと思います。婚約がなくなりましたし、もう彼女も家に戻っても大丈夫でしょう。もし何かありましたら、アンセム家へ連絡をください」

「わかった。何かあったら、アンセム家へ使者を向かわせるとしよう」

二人は固く握手を交わした。

神殿へ戻ったローグは、皇帝と話し合った事をジュリアに報告した。

「なら、私はもう家に帰っても大丈夫って事？」

「ああ。皇帝から実家に婚約破棄の通達が行くはずだよ。これでもう皇子はジュリアに手を出せない」

ジュリアは皇子との婚約がなくなった事を涙を流して喜んだ。

「あぁっ！　良かった……！　ありがとう、ありがとう……ローグ！」

神官のミルナが二人にお茶を出し、話し掛ける。

「良かったね、ジュリア。ローグ様もお疲れ様でした。それで、これからどうするのですか？」

「まずはジュリアを実家に連れていくよ。もう何も問題はないだろうしね。ジュリアの両親に元気な姿を見せてやらないと。その後はトング皇子が断罪されるのを待ち、アースガルドとムーランの同盟を締結させる。後はそうだなぁ……砂漠にあると言われている古代遺跡でも探そうかなと思っているよ」

するとミルナは真剣な表情になった。

「古代遺跡ですか……わかりました。では、同盟が締結しましたらもう一度神殿までお越しください。砂漠の民について、少々お話がありますので」

「うん？　わかった。コロン、ジュリアの実家に行くよ？　ジュリア、案内を頼めるかな？」

「うんっ！　じゃあ、ミルナ……世話になったわね。このお礼は後日必ずするわ」

「お礼なんていいよ、友達じゃない？　それに……使徒様ともお会い出来ましたし」

ミルナはローグをチラリと見る。それを見たジュリアがミルナに言う。

「あ、あんた……まさか……⁉　ダ、ダメよ？　ローグはもう結婚してるんだからね？」

「ち、違いますよ！　聞けば、アースガルドにはまだ神殿がないとか。私がアースガルドで神官長になる未来もあるんじゃないかな、って思っただけよ！」

「ミルナって……昔からちょっと黒いわよね？　欲望が漏れてるわよ？」

「失礼な……私のお腹は真っ白です～！　そう言うジュリアこそ……だいぶ黒そうだけど？」

「なっ⁉　私は腹黒くなんてないわよ！　ねぇ、ローグ⁉」

「何を言い合っているんだ、お前達は……全く。ミルナ、あまりジュリアをからかってやるな。それと、神殿の件だが、本気なら連れてってやるぞ？」

「「んなっ⁉」」

ミルナとジュリアは二人して声を上げた。

「前から、神の国であるアースガルドに神官がいないのはどうかと思っていたんだよな。ちょうど良いからこの機会にスカウトしようかなと。ジュリアも友達が一緒なら安心だろ？」

「ああっ、まさか神官長になる夢がこんなに早く叶うなんて……！　ローグ様、何卒よろしくお願いいたします！」

「ああ。砂漠から帰ったらアースガルドに向かうから、荷物があったら準備しておいてくれ」

「はいっ！」

ミルナが嬉しそうに去っていく。ジュリアは複雑な表情でローグに問い掛ける。

「ローグ、いいの？　ミルナって結構腹黒いわよ？」

「構わないよ。神官として誘っただけだし。困っていたところに、ちょうど良く知り合いがいてくれて助かったよ」

「ううう……ミルナがいたら、私の黒歴史がバレ……」

言い淀むジュリアに、ローグが告げる。

「なんか言った？　それより早くアンセム家に案内してくれ。親御さんに無事な顔を見せてやらないとな」

「う、うん！　わかった、行こう！」

こうしてローグ達は、ジュリアの実家へ向かった。

「ローグ様……！　感謝いたします！」

去りゆくローグの背を、ミルナは熱い視線で見送っていた。

†

「ただいまっ！　パパ、ママ、いる～？」

「「ジュ、ジュリア⁉」」

アンセム家の入り口の扉を豪快に開いたジュリアを見て、両親は驚き、すぐさま慌てて駆け寄ってきた。

「ジュリア！　お前……家出など何を考えているんだっ！　無事なのか⁉」

鼻の下に髭を蓄えた父親が一気に捲し立てた。それを、隣に立つジュリアによく似た母親が止める。

「アナタ、ジュリアから手紙をもらったじゃないですか。今はアースガルドって国で幸せに暮らしているってね。それで……そちらの方がお世話になっていたローグさんなのかしら？」

母親がチラリとローグを見る。

ローグは二人に会釈し、自己紹介を始める。

「お初にお目に掛かります。俺はアースガルドの国王、ローグ・セルシュと申します。手紙に記した通り、ジュリアとはローカルムで偶然会い、以後色々と面倒を見ていました。

こちらも戦やその処理などがあり、すぐに挨拶に来られず申し訳ありませんでした」

父親が前に出て、ローグに尋ねる。

「私がジュリアの父、ダレン・アンセムだ。君は皇帝の命を救ったそうだが……」

「はい。病を取り除き、今のところ後遺症もありません。もう大丈夫でしょう」

「そうか……良かった。して、皇帝自ら皇子からの求婚を破棄してきたのだが……君が何かしたのかな？」

「ええ。悪名高い皇子にジュリアは勿体ないですからね」

ダレンはローグをじっと観察した。

そして急に噴き出してしまう。

「ふっ……ふはははっ！　よくやってくれた！　あのクソ豚皇子めっ、私のジュリアを狙いやがって！　あぁっ、スカッとしたわ。ローグ殿、あなたに深く感謝をっ！　ふははははっ！」

「あらあら、ダレンったら。失礼しました。私はジュリアの母でソシア・アンセムと申します。よく婚約を破棄出来ましたね。私からも感謝を……」

二人はローグに深々と頭を下げた。

「しかし、急に来たものだから何も準備しておらんぞ？　ソシア、何か酒の肴になる物はあったか？」

「ん～……料理長に聞いてみないと。最近仕入れに行ってなかったみたいだし……期待は薄いわね」

ローグは二人に言う。

「それでしたら、私から挨拶の印として何か振る舞いましょう。いつこうなっても大丈夫なように、素材は準備してありますので。少し厨房をお借りしてもよろしいですか？」

「それは構わないが……君は料理も出来るのかね？」

ダレンがそう問うと、ジュリアが言う。

「一度食べたら止まらなくなるわよ。私の胃袋はもうガッチリと掴まれてるんだから」

「ジュリア……あなた、普通逆でしょうに……どこで育て方を間違えたのかしら……ローグさん、厨房まで案内いたしますわ」

「はい、お願いします」

ローグはソシアに案内され、屋敷の厨房に向かった。

「あれ、奥様。まだ夕飯には早いですよ？」

「料理長、こちらジュリアの恩人でローグさんです」

ソシアが料理長にローグを紹介する。

「初めまして、ローグです。料理長でよろしいでしょうか？」

「ん？　あぁ、俺がこの屋敷の料理長だが……ジュリア様の恩人⁉　いったい何がどうなってるんです？　で、厨房になんの用ですかな？」

「はい、私から挨拶代わりとして、ジュリアの両親に料理を振る舞いたく思い、厨房をお借りしたいと」

「おぉ、兄さん、料理出来るのかい！　いいぜ、好きに使ってくれよ。材料はあまりないがな」

「場所だけ貸していただければと」

ローグがそう言うと、ソシアが笑みを浮かべる。

「ふふっ、どんな料理を食べさせていただけるのか楽しみね。私は食卓でジュリアと待っていますので、料理長、彼を頼みましたよ？」

「はいっ、奥様」

ソシアは厨房を後にする。料理長がローグに話し掛ける。

「で、何を作るんだい？　今日は本当に買い出しに出てないから、大した食材はないぞ？」

「材料はありますので。そうですね、いくつかは皆さんが一度も見た事のない料理を出そうかなと思ってます」

「なんだって⁉」

ローグは袋から次々と材料を出していく。

「な、なんだこれ……？　こんな食材見た事ねえぞ⁉」

「それは乾燥させた麺ですよ。これは後で使います。先にこちらの生地を」

ローグは手際よく料理を進めていく。料理長は逐一質問をし、技術を盗もうとメモ帳片手にローグを観察していた。ローグは調味料から全て用意し、料理を作り上げていく。

こうして出来上がった料理は、白身魚のマリネ、チーズたっぷりのピザ、キノコたっぷりパスタ、赤ワインソースを添えたゴッドオークの肉厚ステーキ、ゴロゴロ野菜のポトフ、トマトソースを塗ったライスボール。そしてデザートに、フルーツたっぷりのタルトを用意した。さらに、高級葡萄酒数本。度数の低い果実酒数本、キンキンに冷えたエールを樽で並べた。

「お前さん……城でもこんな料理は食えないぜ……見た事ない料理ばかりだな」

「少しずつ分けてあるので、味見してみますか？」

「おおっ、いいのか！　どれ…………」

料理長はローグの料理を一口ずつ食べてみる。すると、意識が宇宙へと飛んでいった。

「……はっ⁉　な、なんだこれ！　美味いなんて言葉じゃ言い表せねぇ……！　こんなの……どこの王族でも食べた事ないんじゃねぇか⁉　いや、マジで驚いた……」

「なんでも別の世界では、イタリアンと呼ばれている料理らしいです。神様からもらった知識にありましてね。それをこの世界の食材で再現してみました」

「……こりゃあ、世に出すには早すぎるぜ。兄さん、少し自重した方が良いぜ？　兄さんのレシピを巡って料理戦争が始まっちまうわ」

「ははっ、今回だけの特別料理ですよ。あ、レシピ要りますか？」

「要るっ‼」

料理長は秒で陥落した。

「さて、運びますか。料理長、少し手伝ってもらっても良いでしょうか？」

「任せろ。お前さんは食卓に着いててくれ。しっかり運んでやるからよ！」

「ありがとうございます。余った素材は差し上げますので、好きに使ってください。では、また」

料理長は小躍りしながら材料を倉庫に仕舞った。ローグは食卓がある部屋へと向かう。


「あ、ローグ。料理終わった？」

「あぁ。もう少ししたら料理長が運んできてくれるよ」

ジュリアにローグがそう答えると、ソシアとダレンが言う。

「どんな料理が出るのかしらね～」

「ふむ、私はもう腹が減って我慢ならんぞ。先ほどから良い匂いがする……気がする」

ジュリアが小声でローグに耳打ちする。

「やりすぎてないわよね？」

「……料理長は宇宙に飛んでいってたな」

「やりすぎよ!?　何してんの!?」

「良いじゃないか、祝いの席だし。婚約破棄万歳ってね。しかも久しぶりに帰ってきたんでしょ？」

「だからって……あ、来たみたいね」

料理長がローグの料理を運んでくる。

「お待たせしました。こちらが彼の作った料理になります。少し味見をしましたが……これは王族ですら滅多に食べられないレベルにあります。してやられましたわ」

「な、なんと！　は、早く料理をっ！」

ダレンは目の前に並べられていく料理に興味津々で、腹の虫を豪快に鳴らした。ジュリアが料理を見て不満げに言う。

「ローグ、私もこれ知らないんだけど？」

「あぁ、これは異世界の料理なんだよ。名称はイタリアン。ま、食べてみて。あ、ステーキだけはこちらの料理だよ。ゴッドオークにガーリックチップを載せ、特製の赤ワインソースを掛けた物なんだ」

「これだけで豪邸が買えそうな……恐ろしい……あむっ……う、うんまぁぁぁぁっ!?　肉が溶けて消えた⁉」

ジュリアを皮切りに、ソシアとダレンが肉にかぶりつく。

「あらあら、これは……凄く美味しいわぁ～」

「こ、この厚み……！　なんて贅沢な……酒に良く合うなぁっ！　どれ、このピザとやらも……はぐぅっ……⁉　チーズが蕩けて……生地に合っていて美味いっ！　いくらでも食えるぞぉっ⁉」

「このパスタという物も凄く美味しいですわね。ツルツルしてて食べやすいですわ」

ローグの料理を絶賛する両親に、ジュリアが言う。

「ね、美味いでしょ？　料理が出来なくても私悪くないわよね⁉　こんなの……誰も勝てるわけないよね⁉」

ソシアは強く頷く。

「これは……確かに誰も勝てませんね、ジュリア、もし彼を落とそうと言うなら、料理以外でなんとか頑張りなさい？」

「お、落とすって何さ……そんなんじゃないし！」

「がはははっ！　酒が美味いのうっ！　このマリネなんか白葡萄酒によく合うわい！　はぐっはぐっ！」

一番おかしくなっていたのは父親かもしれない。そうして食事をしながら、ローグは両親にジュリアが家出していた間の様子を報告した。

　その後、食事も残り少なくなったところで、ローグは料理長に声を掛ける。

「さて、だいぶ料理も片付いたし、そろそろデザートにしますか。料理長、あれ、お願いします」

「あいよっ」

　料理長が両手でトレイを持ち、デザートを運んでくる。

「今日の締めにデザートを用意しました。フルーツたっぷりのタルトです。ご自由に切り分けて食べてください」

「美味そう！　これも初めて見た！　アースガルドにもまだ出回ってないわよね⁉」

「あぁ。今日のために取っておいたんだよ。さ、食べてくれ」

　不満げにしていたジュリアは、タルトを口に含んだ。

「うっ……まぁぁぁぁい‼　やだもうっ、これ手が止まらないわ！」

「あらあら……これは……本当に止まらないわねぇ～」

　ソシアもタルトに感激していた。

　それから皆もデザートを堪能した。ジュカもローグの料理に満足したらしく、夢中で食べていた。足りなくなった料理は、ローグが新たに厨房で作って追加した。

　ダレンが腹を擦りながらローグに問う。

「ふぅ～……食った、飲んだ！　ローグ殿、今日は泊まっていくのだろう？」

「ええ。皇帝から知らせが入るまで、こちらに泊めていただけるとありがたいです」

「ふむ、わかった。屋敷の者に部屋を用意させてある。ゆっくりと休んでいかれると良い」

「ありがとうございます」

　こうしてローグは、皇子の裁判が始まるまで、ジュリアの屋敷で世話になるのであった。

†

　翌日、すぐに城から使いの者が訪ねてきた。

「ダレン様、至急、城までお越しください」

「何かあったのかね？」

「はい、実は明日、トング皇子の裁判が開かれる事となりました。何故か、城のメイド達や城下の被害者達が一斉に皇子を訴えたために、急遽（きゅうきょ）そうなったのです」

　皇帝の病気が快癒（かいゆ）した事で、皇子を追い詰める動きに勢いがついたようだ。ローグは使者に問い掛ける。

「俺も傍聴（ぼうちょう）に行っても良いでしょうか？」

「もちろんです。あなた様は陛下の命の恩人、神殿までお迎えに上がろうとしていましたが、こちらにおられるとの報告がありましたので」

使者の言葉を受け、ダレンが言う。

「はははっ、ローグ殿は娘の命の恩人でもあるからな。我が家の無鉄砲な家出娘を無事に連れ戻してきてくれたのだ。昨夜は酒を酌み交わした仲だ。おっと、話がそれたな。召喚の理由はわかった。すぐに支度し、ローグ殿と二人で城へ向かうので、お主は先に戻って良いぞ」

「はっ！　裁判は昼からになりますので、よろしくお願いいたします」

使いの者はそう告げると、城へ帰っていった。

ダレンがローグに問う。

「ローグ殿、正装は持っておるか？」

「ええ、袋にあります。着替えてきますので……玄関前で待ち合わせでよろしいですか？」

「うむ。ソシア、正装の準備を頼む」

「はい、アナタ。では、ローグさん、失礼しますね」

ローグはパパッと正装に着替えた。それから一向に起きてこないジュリアの部屋の扉をノックし、返事を受けてから中に入る。

「ふぁぁぁ……ローグ、おはよ。どうしたのその格好？」

「おはよう、ジュリア。今からダレンさんと城に行ってくるよ。皇子の裁判が昼から開かれるらしくてね。俺はまだ実物の皇子を見た事がなかったからさ。どんな奴か一応見ておきたくて」

「……オークに似てるからって、つい斬っちゃダメよ？」

「そんなにか。わかった、心に留めておくよ」

「ちゃんとした格好するとヤッパリ違うわねぇ。まるで王様みたいね？　ふふふっ」

「冷やかすなよ。じゃあ行ってくる。俺がいない間、コロン達を頼むよ」

「ん……ふぁ……私はもう少し休むわ」

　ローグは準備を終え、玄関先でダレンが来るのを待つ。

「待たせたな……って、凛々しいのぅ……まるで私が従者みたいではないか」

「いえいえ、ダレン殿も凛々しいではないですか。従者だなんて誰も思いませんよ」

「本当に凛々しいわねぇ……ジュリアには勿体ないくらいですわ……もう少し若ければ私が……」

「ごほん！　私がなんだって？　ソシアよ」

「嫉妬しました？　うふふ。ほら、シャンとして行ってらっしゃいな」

　ソシアはダレンの肩をポンッと押した。

「うむ。ではローグ殿、参ろうか」

「あ、歩いていくのも時間が掛かりますので、城門まで飛びましょう。私に掴まってください」

「うん？　掴まれば良いのか？」

ダレンはローグの肩に手を置いた。

「では、行きましょう。【転移】」


ローグはダレンと共に城門前まで転移してきた。

「はっ？　ここは……城門前？　な、何が？」

【転移】スキルです。グリーヴァ王国の者にしか使えませんが、私は特別なので」

「ほ、ほぅ……【転移】となな。これは便利なものだな。どこにでも飛べるのか？」

「いえ、一度行った事がある場所だけです。なので、いつでも屋敷まで行けますよ？」

「なんと！　ならば、たまに美味い料理でも食わせに来てくれると、ありがたいのう」

「ははっ。わかりました。時間が出来たら伺いましょう。さて、そろそろ行きますか」

ローグはダレンと共に城内を歩く。ここでもメイドや騎士達がすれ違う度に手を止め、顔を赤くしていた。

「お前さんはやたらモテるのう……」

「良い事ばかりではありませんよ……しつこく誘われたりいきなり家に来られたりと、

中々に大変です。村にいた時なんかは、起きたら知らない人が隣で寝ていて恐怖しましたよ……」

「そ、それは……難儀だな……良かった、私は普通で……」

そんな事を話しているうちに、裁判が開かれる場所に着いた。扉を開くと、皇帝自らが二人を出迎えてくれた。

「おお、ダレン。それにローグ殿！」

ローグは皇帝に会釈し、言葉を掛ける。

「お身体はもうよろしいのですか？」

「うむ。見ての通り、完全復活じゃ。世話になった」

「いえいえ。それで皇子はどこに？」

「あやつは今地下牢じゃ。裁判が始まるまで拘束しておる。逃げられたら敵わんからな」

(実の親にここまで言われるとは……いよいよ皇子に未来はないだろうな)

ローグがそんなふうに思っていると、皇帝の後ろからヒョコッと小さな子供が顔を覗かせた。

「お父様、あの人誰？　見た事ない。格好いい！」

「おぉ、エリッサ。ローグ、紹介しよう。ワシの娘のエリッサだ」

ローグはその少女に目線を合わせ、挨拶する。

「初めまして、エリッサ皇女様。俺はアースガルドの王、ローグ・セルシュです。よろしくお願いしますね？」

「わっわ！　……よ、よろしく……！」

「はっは。照れておる。エリッサ、彼が気に入ったか？」

エリッサ皇女は顔を真っ赤にして、皇帝の陰に隠れた。

「う～……うん」

「うむうむ。彼はワシの命の恩人じゃからの。彼がいなかったら、ワシは今頃死んでいたかもしれん。いや、死んでいただろう」

エリッサは、しゃがむローグに手を伸ばす。

「父を助けてくれて……ありがとう」

「どういたしまして」

エリッサはローグと握手を交わすと、また皇帝の後ろへと隠れてしまった。

「ほっ。エリッサめ。どうやらローグ殿が気に入ったらしい。これは結婚相手が決まったかの？　ふはははっ」

「ははは、ご冗談を。第一、俺にはもう愛する妻がおりますので」

「ふむ……まあエリッサもまだ子供じゃからの。数年後、気が変わってなかったらもう一度、今度は真剣に申し込むとしよう」

ローグは皇帝の言葉を冗談と受け流したが、皇帝は少しだけ本気で娘をローグに嫁がせようとしていた。

「さて、そろそろ愚息の裁判を片付けよう。参ろうか」

ローグ達は裁判の場にやって来た。連れてこられた皇子は、見るからに醜い、本当にまるでオークのような男だった。

「ちっ、めんどくせぇ。早く縄をほどけや！　俺は皇子だぞ！」

皇子は縛られたまま証言台で叫んだ。

それを聞いた陪審員達は皆一様に顔を歪ませる。この皇子には何を言っても無駄だと判断した裁判長は、皇子を無視して裁判を粛々と進める。

そして重い罰が言い渡される。

「被告トングを鞭打ちの刑に処す。回数は強姦した女性一人につき十回。執行人は我が国の騎士団長グレゴールとする。執行は明日、街の中央広場で行う。以上！」

判決を聞いた皇子が声を荒らげる。

「ま、待て！　そんな馬鹿な話があるかっ！　一人につき鞭打ち十回とか！　しかも執行人はグレゴールだと⁉　死んでしまうっ‼」

ローグは表情を歪める。

「被害の証言者は百人近くもいたな……さすがオーク……いや、被害者が百人で済んでいるわけがない。中には言い出せなかった者や、口を封じられた者もいたはず。最早あれは人間とは呼べないいな」

「待ってくれ。執行方法を変えてもらいたい」

ローグは席から立ち上がると、大きな声で発言した。

裁判長が反応する。

「何かな？　刑量に不服でも？」

「おお、良いぞ！　言ってやれ、え～……と、お前誰だ？」

ローグの声を聞いて反応したトングは、自分の罰が軽くなると勘違いしていた。

皇帝は、トングがローグを知らない事にがっくりと頭を落とす。

「やれやれ……父の恩人すら知らんとはな……良い、ローグよ、申してみよ」

「はい。騎士団長にやらせるよりも、被害者自身に好きなだけ打たせるというのはどうでしょう。そして、鞭は私が用意いたします。ちょうど良い物を持っていますので」

「ほうほう。試しにどんな物か見せてはくれんかの？」

ローグは袋から鞭を取り出し、皇帝に見せた。

「な、なんじゃこれは⁉」

取り出した鞭は、ローグが土竜と火竜の髭から作った物だった。

「俺が作ったドラゴンウィップです。これには地属性と火属性がパッシブで乗ってます。竜の髭は生え変わるので、何かに使えないかと集めて作ってみました。思ったより丈夫で軽く、しかも誰でも強力な威力が出る鞭になっています。これなら非力な女性でも、騎士団長より遥かに強力なダメージを与えられるでしょう。騎士団長に打たせるより、被害者に直接打たさせてスッキリさせてあげましょう」

悪夢のような提案に、トングは顔を真っ青にして叫ぶ。

「ふ、ふざけるなぁぁぁっ！　それこそ死んでしまうではないか！　貴様、俺を殺す気かっ！」

そのあまりに身勝手な言動に、ローグは冷ややかな視線で皇子を睨む。

「黙れよ。強姦は殺人と同じだ。貴様は証言に名乗り出てきた人数だけでも百人近く殺したんだ。それも弱者ばかりをな。地位を笠に着てやりたい放題やったツケが回ってきたんだ。罪を認め、悔い改めるがいい」

「くうぅぅぅっ！　クソがぁぁぁぁっ！」

トング皇子は暴れ出そうとした。

だが、それをいち早く察知したローグが睡眠魔法で黙らせる。

「【スリープ】」

「なっ……ぐぅっ……く……そっ……」

皇帝が衛兵に言う。

「執行まで縛って地下牢に放り込んでおけ。そいつは最早ただの犯罪者だ。逃がすでないぞ！」

「「はっ！」」

衛兵がズルズルと皇子を引っ張っていった。

「では、これにて閉廷（へいてい）とします。お疲れ様でした」

裁判が終わると、ローグは皇帝に呼ばれた。

「執行は明日正午じゃ。遅れるでないぞ？　その鞭がなければ始まらんからの」

「預けておきましょうか？」

「いや、盗まれでもしたら大変じゃからの。とても預かれんよ」

「そうですか。確かに強力な武器ですからね。わかりました。ではまた明日」


翌朝、ローグは街の中央広場へ向かった。

刑の執行は正午からにもかかわらず、中央広場にはすでに大勢の人々が詰め掛けていた。

ほぼ全ての民が集まっているのではないかと思うくらいの人がいる。

「凄い数だなぁ」

「ああ。トングめ、ワシが倒れているうちに強姦ばかりか、増税（ぞうぜい）を強（し）いて、民からかなり恨まれておったようじゃ。今日はそれを白紙に戻し、払った税を返すと掲示したのじゃ」

「そんな事をして大丈夫なのですか？」

ローグの問いに、皇帝の表情は芳しくなかった。

「さらにトングめ、すでにいくらか使っておっての。不足分は国庫から負担せねばならぬ。しばらくは節制しなければな……それでもギリギリ足りるかどうかじゃ」

「あの、もしある場所に入ってもいいなら、金を工面しましょうか？」

「ん？　どういう意味じゃ？」

ローグはこの騒動を好機と見て、皇帝に言ってみた。

「砂漠には古代遺跡があるのでしょう？　この刑の執行が終わりましたら行こうと思っていたのです」

皇帝は軽く首を傾げる。

「あれは噂にしかすぎんぞ？　未だに誰も見つけておらん。砂漠の民にも詳細は伝わっておらぬし……それをローグ殿が探そうと言うのか？」

「はい。遺跡に竜が眠っているかもしれないので、探して調査しないと。竜が悪意を持って暴れ出したら、国なんか一瞬で消し飛んでしまいますよ」

「むぅ、竜か。なら、財宝はついでというわけじゃな。わかった、許可は出そう。まぁ……あまり期待せずに待つとしよう。贅沢しなければなんとか暮らせる分はあるからの。

おっと、そろそろ始まるようじゃな」

時間となり、裁判長が広場の中央に立つ。そして民に向かって叫んだ。

「これより！　罪人、トング・ムーランの刑を執行する！　罪人を前へっ‼」

トングが首と手首を一枚の板で固定され、鎖に繋がれながら、広場中央へと引かれてきた。鎖を引く兵士が、トングを怒鳴りつける。

「さっさと歩け！」

「くっ……！　俺は皇子だぞ！」

「元だろう。今は最早ただの罪人だ。周りを見ろ」

民からコールが起きる。

「「「殺せ！　殺せ！　殺せ！　殺せ！　殺せ‼」」」

「くたばれ豚野郎っ！」

「そうよっ！　死ねぇっ‼」

殺伐とした空気に、トングの顔は真っ青になる。

トングは中央まで連れていかれると、背中を押さえつけられ、そのまま地面に四つん這いにされた。そして逃げられないように、手のひらに杭を打ち付けられる。

「ぎゃあぁあぃいぃいあぁっ‼」

トングは両手から血を流し、痛みに叫んだ。

裁判長が大声を上げる。

「それではこれより刑を執行する‼　最初の執行者、前へっ！」

奥から黒いローブに身を包み、顔がわからないように仮面を着けた人物が現れた。裁判長は、その人物に鞭を渡しつつ言う。

「これはドラゴンウィップだ。非力な者でも騎士団長級の攻撃力が出せる神聖な鞭である。それで十回、罪人を打つとよい」

「……はい！」

鞭を受け取った者は、トングの後ろに立って鞭を構える。

「無理矢理犯(おか)された屈辱(くつじょく)……その身で思いしれぇぇぇぇぇっ‼」

トングに向かって思いっきり鞭が振り下ろされた。

その瞬間、とんでもなく大きな炸裂音(さくれつおん)が広場に響きわたる。

「「えぇぇぇぇっ⁉」」

およそ鞭とは思えない音に、広場に集まっていた観衆は度肝(どぎも)を抜かれていた。その光景を見たローグは、今さら思い出したように呟く。

「あ、力加減の事、言うの忘れてた」

「ん？　力加減じゃと？」

ローグは、皇帝に鞭の特性を教える。

「あの鞭は振り下ろすスピードで威力が変わるんですすよ。軽く振ったら火の鞭、少し強めに振ったら地の鞭、さっきみたいに思いっきり振り下ろしたら、地と火の鞭になるんです。威力はまぁ……素人でもあれですね」

ローグはトングを指差した。

トングは執行者の一撃で全身の骨を砕かれ、皮膚は焼けただれていた。

「騎士団長どころではないではないか……あれ……もう死んでないか？」

「……虫の息だね。ちょっと行ってきますよ」

ローグはトングに近付き、【エクストラヒール】を掛けた。

「がっ……はっ……！　はぁ……はぁ……い、いたいぃぃぃ……」

トングを回復させた後、ローグは執行者に声を掛ける。

「もう少し軽めで頼む。すぐに終わらせても気が晴れないでしょ？」

「は、はいっ！　わかりました！」

「一応、常時回復する魔法を掛けていくけど……威力には気を付けてね？」

執行者はローグの言葉に頷き、再び鞭を構えると、今度は気持ち軽めに鞭を振るった。

「ぎゃあぁぁぁっ‼　い、いたいぃっ、焼けるぅっ！」

炎撃がトングの肉を切り裂き、傷口を焼いた。焼かれた傷口は血を流す事もなく、ただただ痛みを与え続けている。

「か、快感！」

そう言って笑みを浮かべる執行者の女性に、ローグは伝える。

「軽く振ってもこの威力だ。その調子でお仕置きをしてやるといいよ」

「はいっ！　えいっ！　やぁっ！」

「ぎゃあぁぁぁぁっ‼　も、もう止めてくれぇっ！」

トングは泣き叫び、許しを乞う。

「私が止めてって言っても止めなかったくせにっ！　死ねっ、豚‼」

執行者の女性はそのまま鞭を振るった。

しばらくして、裁判長は執行者の女性に問い掛ける。

「気は晴れましたか？」

「はい。まだ悔しいけど……だいぶスッキリしました。あとは後ろに続くみんなに託します」

「そうですか。気が晴れたのなら良かった。では、あと九十九人いますので、あちらでお待ちください。ローグ殿のお力で簡単には死ねなくなりましたので、あなたが被害を受けた分、トングの苦しむ様を見ていてください」

「はいっ！」

それから次々と執行者は交代していった。

トングが死にそうになると、ローグが緊急回復してやる。そんな永遠に続く地獄が、トングを容赦なく責め立てた。

「も、もう沢山だ……こ、殺して……くれっ！」

そう言うトングに裁判長は告げる。

「おやおや、まだ半分ですぞ？　その痛みは被害者が受けた痛みと知りなさい。権力を笠に着て、弱者を弄んだあなたに救済はありません。まだまだ音を上げるには早い。さぁ、次の方！」

「ひっ、ひぎぃぃぃぃぃっ‼」

その後、刑はそのまま続き、ようやく九十九人まで終わった。すでにトングは虫の息で、叫ぶ力も残っていない様子だ。

裁判長は最後の一人に言う。

「さぁ、最後です。あなたは特に酷い目に遭ったようですから最後にしました。この十回に全てを込めて復讐すると良いでしょう」

「……殺してもいい？」

「ええ。それで少しでもあなたの気が晴れるなら、ね」

「わかりました。では……」

最後の執行者であるその女性は左目に包帯を巻き、左手を失っていた。それだけならまだローグの魔法で回復出来るが、彼女が失ったものはもう戻らなかった。彼女は、愛する家族と婚約者をトングに奪われていたのだ。

彼女は無言で致死性の一撃をトングに叩き込んだ。鞭の一振りに失った者達の無念の想いを乗せ、その全身を破壊していく。

そして最後の十撃目。

「死ねぇぇぇぇっ‼」

その一撃はトングの頭へと振り下ろされ、首から上が全て吹き飛んだ。即死攻撃を受けたらもう回復魔法も意味を成さない。この最後の一撃で、トングは絶命した。これが散々悪事を働いた者の末路である。

トングが絶命すると同時に、集まっていた民から大歓声が上がる。

「「「「オォォォォォォォォォォッ‼」」」」

動かなくなったトングを見下ろし、彼女は復讐を達成出来た喜びを噛みしめる。

「はぁっ……はあっ……！　や、やった……やった‼」

トングが絶命した事を確認した裁判長は、彼女の手から鞭を受け取る。そして民に向かって宣言する。

「これにて刑の執行を終了する‼　見ての通り、極悪人トングは死んだ‼」

「「「オォォォォォォォォッ！！！！」」」

その大歓声の中、宰相(さいしょう)が現れ、国民に向かって次の行動に出る。

「これより、皇帝自ら、トング皇子が勝手に増税した分の納税額を一人一人に返還(へんかん)する。皆は納税証明を持ち、こちらに並んでください」

すぐに民は列を成した。皇帝は一人一人にトングの行いを謝罪しつつ、増税分を返していった。

「すまなかった……今後はこのような事は決してないと誓おう」

ローグが皇帝に話し掛ける。

「これは何日か掛かりそうですね。終わるまで待っていますので、終わったらアンセム家に使いの者を寄越(よこ)してください」

「すまぬな。そうしてもらえると助かる」

ローグは皇帝と別れると、最後の執行者のもとへ行く。

「ああ、君。ちょっと良い？」

「はい？」

ローグは彼女に完全回復魔法を施してやった。

「……え？　う、失った腕が元通りに!?」

「左目も戻っているはずだよ」

彼女は慌てて包帯を外し、ゆっくりと瞼（まぶた）を開く。

「あぁぁ……！　見える！　左目に光が！」

「良かったね。失った家族は戻せないけど、君だけは救えたようだ。間に合わなくてごめんよ」

「あぁぁぁ……あぁぁぁぁぁっ‼」

こうしてトング皇子の断罪が終わり、民は元の生活へ戻っていくのだった。

第三章　古代遺跡

公開処刑が終わった数日後、首都ナイルには明るいニュースが飛び交った。

《神の国アースガルドの王、ムーラン帝国の同盟の参加を歓迎！　アースガルドと姉妹国に！》

民達はこの明るいニュースに沸いていた。増税された額も無事に返却され、民はムーラン帝国の未来が良きものになるとお祭り騒ぎだ。

そんな中、アンセム家で待機していたローグのもとに使者がやって来た。ようやく全てが片付いたとの事で、ローグは使者の案内で皇帝の部屋を訪れる。

「だいぶ街に活気が戻ってきましたね」

「うむ、反面ワシらは苦しいがの。それより同盟の件、感謝する」

「気にしないで良いですよ。同盟も成立した事ですし、そろそろ俺達は砂漠に向かいたいのですが」

「そうだったな。砂漠の入り口に砂漠の民が暮らす村、ジプシャンがあるでの。まずはそこを目指すと良いじゃろう。砂漠は危険な場所だ、十分に気を付けての」

「はい、ありがとうございます。では、行って参ります」

　ローグはアンセム家に戻り、コロン、ジュリア、ジュカと合流し、これからの予定を告げる。

「俺達はこれから砂漠の民が暮らす村、ジプシャンを目指そうと思う。そこで遺跡について情報を集めた後、遺跡を目指す。そして遺跡攻略だ。もし竜がいたら俺が相手をする。良いな？」

「わかったわ。じゃあ街で水や食料を買っていきましょうか。砂漠は暑いから、水は沢山あった方が良いわよ」

　ジュリアに言われ、ローグは応える。

「水は魔法があるだろう？　それより日焼け対策をした方が良い。それと、寒暖差が激しいから衣類は沢山あった方が良いな。夜はカプセルハウスで休むから良いが、日中は日差しを遮る物があった方が良いだろう」

「買い物！　服見に行こっ！」

「私もコレしかないですからねぇ……日差しは少々キツイですわ」

それぞれ反応するコロンとジュカ。

「じゃあ、砂漠用の服を買ってから、馬車でジプシャンまで移動だな。そこからは村に着いたら決めようか」

「「「賛成！」」」


その後、ローグ一行はナイルにある服屋で砂漠用に衣装を揃え、必要そうなアイテムを購入した。

砂漠が近い事もあり、店には種類やサイズが豊富に取り揃えてあった。買いに行った先々で「わざわざ砂漠に」とか「何もないぞ」と散々言われた。

ジュリアが心配そうに口にする。

「もしかして、本当に何もないのかしら？」

「さぁな……ま、行けばわかるさ」

必要な物資を揃え、一行はジプシャンを目指す……その前に、ジュリアが何かを思い出したらしく、ローグに尋ねる。

「ねぇローグ？　砂漠に向かう前に、ミルナに寄れって言われてなかった？」

「ああ、それはもう済ませてある。トングの刑執行後時間があっただろ？　その時にな。砂漠の民は余所者に対して口が堅くなるそうでね。ミルナの話はその対処法についてだった」

「対処法って？」

そう問うコロンに、ローグはミルナから聞いた方法を教える。

「水だとさ」

「水？」

「うん。砂漠では水は貴重だからね。今回は特別ゲストを呼んである」

そう言ってローグはカプセルハウスを取り出し、中からそのゲストを呼び出した。

《呼んだ～？》

「「あ、アクアじゃん」」

「す、水竜っ⁉」

顔見知りのジュリアとコロン、水竜を初めて見たジュカが反応する。どうやら魔族でも竜は恐怖の対象らしく、ジュカは少し怯えていた。

「ジュカ、俺の仲間の水竜だ。名はアクア。アクア、ジュカは魔族だが改心して俺の仲間になった。襲わないようにな」

水竜はちらりとジュカを見て、ローグに言う。

《別に興味ないし。それより、私を呼んだんだから、見返りは当然用意してるんでしょう

ね？》

そう言った水竜は、グラスをクイッと傾ける仕草を見せる。

「わかってるよ。砂漠で作られる酒を買ってやるよ」

《おほほほほ、わかってるじゃない！　さ、行くわよ！》

「……お前が仕切るなっての！　全く……」

こうして水竜を加え、ローグ一行は一路、砂漠の民が暮らすジプシャンを目指すのだった。

†

馬車で進む事、数時間。

「もうすでに暑いわね……」

コロンはすでにグロッキーだった。

「お前……まだ砂漠すら見えてないのに……」

「でも……確かに暑いですわねぇ……」

ジュカは胸元を開き、パタパタと扇いでいる。

「ちょ！　ジュカ!?　見えてる見えてる！」

「あら？　失礼。でも、男性はローグ様しかいないのですから、よろしいではないですか」

「ナチュラルに誘惑するジュカ、策士ね……」

そう言うジュリアもジュリアで、タンクトップにショートパンツとかなり肌の露出が激しい。日焼けとか大丈夫なのだろうか、とローグは心配になった。

「お前らさ、今からそんなだと砂漠に着いたら死ぬんじゃない？　遺跡だって探さなきゃならないんだしさ？」

そんな汗一つ流さないローグを見て、コロンが不審に感じる。

「何か……ローグだけやけに涼しそうね？　汗一滴かいてないじゃない」

「あっ！　こらっ！　何をするっ！」

コロンがローグの服の中に手を突っ込んだ。

「冷たっ⁉　ローグあんた……！　一人だけ氷魔法使ってるでしょ⁉」

ローグの目が泳ぐ。

「……あ、暑いものは暑い。そしてくっつくなお前ら。冷気が逃げるじゃないか。そしてジュリアよ、お前にも氷魔法教えただろ？　自分で使えよ⁉」

「い・や・よ！　何か私だけ仲間外れみたいじゃん！　いいでしょ？　こんな美人達に囲まれてるんだからさ」

「あらあら、私も入ってますの？」

「あんたが一番危険なのよ、ジュカ……何よその胸。凶器？　凶器なの⁉」

ちゃっかりジュカまでローグに抱きつく。そんなジュカはコロンとジュリアの胸を見て、勝ち誇った笑みを浮かべ、こう言ってのける。

「こんなの戦闘では邪魔なだけ。私は慎ましやかなお二人が逆に羨ましいですわ」

コロンとジュリアの額に血管が浮かび上がった。

「「よ～し、勝負だこんにゃろう！」」

そう騒ぐ三人を、ローグは溜息混じりに諫める。

「落ち着けお前ら。そろそろ着くぞ？　外を見てみろ」

騒いでいるうちに、馬車はジプシャンに到着しそうだった。

「ここからは暑いが仕方ない。服を着ろ。まぁ、将来肌に染みが出来てもいいなら構わないが」

ローグがいじわるそうに言うと、女性陣はすぐに服を着た。

それはもう光の速さで。


「ありがとうございました～。次は静かに乗ってくださいねぇ～」

御者のお姉さんにしっかりと怒られるローグ一行。

無事にジプシャンに到着した彼らはまず宿を取り、各々分かれて情報を集めに行った。

そこで得られた反応は――

「遺跡？　あ～……あんなのお伽噺よ？」

「遺跡？　あはは、あるわけないじゃ～ん。それより……お兄さん、格好いいね？　私と一回遊んでみない？」

「遺跡？　ははっ！　砂漠で蜃気楼でも見たんだろ！　あるわけねーよ」

砂漠の民すら遺跡については何も知らないようだった。いや、知っているのだろうが、誰も真実を口にしなかった。

ローグ達は宿に戻り、今日の成果を話し合う。

「どうだった？　こっちは全滅だ」

「同じく……めちゃくちゃバカにされたわ」

「こちらもですわ……噂話か見間違いと」

「アンセム家の名を出しても効果なかったわね……」

コロン、ジュカ、ジュリアから実りのない報告を受け、ローグは告げる。

「ふ～む……やはりここはアクアに頼るしかなさそうだな」

その後、ローグは宿の外に移動し、カプセルハウスから水竜を呼び出す。

《なぁに～？》

「アクア、出番だ。この仕事をやり遂げてくれたら、いくらでもこれを飲ませてやろう」

そう言ってローグが取り出したのは、砂漠でも育つ植物から出る水分を蒸留して作った酒だ。砂漠の民が好んで飲む物で、果実水と混ぜると様々な味わいを楽しめる逸品だった。

《飲み放題？》

「もちろん」

《怒らない？》

「仕事してくれたらな」

《よ～し、やったろうじゃない！　水の事なら私に任せておきなさい！》

酒で簡単に扱う事が出来る竜。水竜は面白いくらいに単純だった。

「よし、なら、作戦を伝えるぞ。まずアクアが地下水脈を探る。俺がそこを掘る。それで砂漠にオアシスを作ってやるんだ。水を与えれば水売り業者は泣くだろうが、砂漠の民は俺達に協力的になってくれるはず。さぁアクア、地下水脈を探し出してくれ！」

《オーケー、私にまっかせなさ～い》

アクアは地を這うように動き回る。その動きはまるで蛇のようだ。シュルシュルと動き、時々地面を叩いては耳を地につけ何かを探る。

ちなみにアクアの姿は魔法で消してあった。こんな姿を見られでもしたら、大騒ぎは必至だからだ。
こうして探す事、二時間。アクアが村を少し離れた地点でようやく止まった。
《あったわよ。ここを真っ直ぐ下に掘れば、地下水脈にぶち当たるわ》
「ずいぶん時間が掛かったな」
《ええ。他にも何ヶ所かあったんだけどね、この下の水脈が一番太くて勢いがあるのよ》
「さすが水を司るだけはあるな。水に関しては右に出る者はいないといった感じだ」
《当たり前でしょ。さ、お酒ちょうだい、お酒！》
「はいはい。あ、けっこうアルコール強いらしいから、せめて氷くらい入れろよ？」
《ほ～い》
水竜は小躍りしながらカプセルハウスに消え、砂漠の酒を楽しむのだった。

そして、ローグは水竜の発見したポイントを深く深く魔法で掘り進める。数分後には、砂漠にオアシスが完成した。

水竜の探し当てた水脈は凄まじい勢いで水を生み出し、乾いた大地を潤していった。

そこに砂漠の民が現れ、驚愕する。

「こ、こりゃあっ……！　これはあんたらが⁉」

「ん？」

ローグの背後には、いつの間にか砂漠の民が集まり始めていた。

「そうだけど何か？」

「そ、そこを私達にも……」

ローグの顔に笑みが浮かぶ。

「もちろん良いですよ」

「「「おぉぉぉぉ！」」」

「ただし！　砂漠にある遺跡について本当の事を教えてください。これまでに捜索した区域、古代の文献（ぶんけん）など全てです」

人並みの中からジプシャンの長（おさ）が現れ、ローグに言う。

「もちろん全て正直にお教えしましょう！　私達は仲間！　砂漠の民はあなた様の仲間となりました！」

これが砂漠での水の力だ。

無限に水の湧（わ）き出る魔導具をやっても良かったのだが、それだと奪われたり争いの種になったりしかねない。そこでローグはオアシスを作る事にしたのだった。

オアシス建造から数日が経過した。

ローグは砂漠の地図を見つつ、砂漠の民から仕入れた情報を精査し、文献で文明があったと記されていた場所と、すでに採掘調査済みの場所を塗りつぶしていった。

「ふ～む……」

「どう？　見つかりそう？」

コロンが、地図を片手に頭を悩ませるローグに尋ねる。

「まぁ……大体の位置はね。遺跡っていうくらいだから、多分昔のここ。この文明が栄えていた辺りだと思うんだよね。で、今まで採掘してた人達は集落のあった辺りを探してるんだけど……」

ローグは、地図でまだ塗りつぶされていない部分から、次のように考えていた。

遺跡は、村の中心ではなく郊外、もしくはかつてオアシスがあった場所、その付近にあるのではないか。

「しかしなぁ……何より問題なのがこの暑さなんだよな……しかも、これだけ他の人達が探しても見つからないとなると……本当にあるかどうか怪しくなってくるんだよなぁ……」

ローグが愚痴っていると、突然脳内にナギサの声が響く。

《ありますよ？　案内しましょうか？》

「うぉっ？」

「どうしたの？」

「ち、ちょっと待っててくれ」

心配そうにするコロンをいなし、ローグはナギサと交信する。

《久しぶりだなナギサ。本当か？　確かに遺跡はあるんだな？》

《ええ。ただし、今は入り口が砂の中深くに埋まっています。でも、ジュカさんに空間を繋いでもらえば行けるはずですよ》

さっそくローグはジュカに尋ねる。

「ジュカ、仮に砂の中に入り口があるとしたらさ。お前なら、俺達を連れて地中にある遺跡内部の埋まってない場所まで行けそうか？」

「ええ。【空間透視】と【空間接続】を使えば、地中深くだろうと海底だろうと、どこでも行けますわ」

「なるほど」

ローグは再びナギサに告げる。

《ナギサ、今から案内頼めるか？》

《了解、マスター。まずは砂漠を渡る足を確保してください》

《いや、必要ない。飛んでいく》

《わかりました。では、地図に入り口がある座標上をアップしますので》

ローグの脳内に地図が現れた。地図上の座標が点滅している。

「なるほど、ここか。お前達、場所がわかったぞ。ちょっと遠いから飛んでいくぞ。ジュリアはコロンを、俺はジュカを抱えて飛ぶ」

「え？　私がローグじゃない普通？」

そう言うコロンに、ローグは理由を説明した。

「ジュカには、地中にある遺跡まで空間を繋げてもらわなきゃならないからね。その正確な場所は俺にしかわからないからさ」

「ぶぅ～……！」

拗ねるコロンを見てジュカは笑みを浮かべ、ローグに言う。

「ふふっ、ではよろしくお願いしますね、ローグ様。あ、別にわざと強めに抱きしめてくれても構いませんよ？」

「はいはい。じゃあ行こう。ジュリアは俺について来いよ？」

ローグにそう言われ、ジュリアは真顔になる。

「うっ、人を抱えて飛ぶの初めてだけど……わかったわ」

「……不安しかないわね」

コロンは表情を強張らせる。

こうして、遺跡の位置を知ったローグ一行はその遺跡上空を目指し、空を飛んでいくのであった。

†

「よし、着いたぞ。遺跡はこの真下にあるはずだ」

ローグ達は上空からゆっくりと砂の上に降下していく。地面を踏むが、蟻地獄などの地形トラップはない。どうやら遺跡は単純に長い年月を掛け、砂に埋まっているだけのようだ。

「ジュカ、この真下なんだが、空間はありそうか？」

「はい、少々お待ちください」

ジュカが【空間透視】で地中を探る。ローグには、ジュカは目を瞑っているようにしか見えず、スキルは手に入らなかった。

「…………ありました。広間みたいな場所が見えますね。とりあえずそこでいいでしょうか？」

「ああ、入れればどこでも。もし酸素がなければ一度引き返してきてくれ」

「わかりました。では皆さんは私の亜空間内で待機していてください」

ローグ達はジュカの空間に入った。

一人残ったジュカは、透視した空間と地上の空間を繋いで歪ませる。この【空間接続】というスキルは、繋がった地点同士の距離を縮める能力だ。高度な計算と時間を要するため戦闘では使えないが、移動系のスキルとしては最高位のものとなる。

空間同士を繋げたジュカの前に、扉が出来た。ジュカはその扉を開き、奥へと進む。

そして、その場所に酸素がある事を確認し、ローグ達を外に出した。

「お待たせいたしました。無事遺跡内部へと到達いたしました」

亜空間から出たローグ達は周囲を見回す。

遺跡内部は光る鉱石が等間隔で埋め込まれており、ジュカの使っている照明魔法の光を吸収し、周囲を明るくしていた。少々朽ちている所もあるが、今すぐに倒壊してしまう事はないと思わせるくらいには頑丈そうに見える。

「これが古代遺跡内部か……ジュカ、よくやってくれた。アースガルドに帰ったら何か褒美をやろう。何が良いか考えておいてくれ」

「そんなの……もう決まってますけど……そうですね、考えておきますわ。ふふふっ」

何やら悪巧みをしてそうなジュカを放置し、ローグは再び周囲を見回す。

「地下だから涼しいな。とりあえず服を脱ごう。動きづらいからな」

ローグ達は、日差し対策のために着込んでいた服からいつもの軽装に着替え、武器を構えた。

ここからはダンジョンアタックだ。しかも未知の遺跡。ローグはそう思い、改めて気を引き締めた。

「よし、では並びは先頭が俺、中衛がジュリアとコロン、後衛にジュカな。ジュカはもし倒せそうにない敵が現れたら、亜空間に回収しておいてくれ」

「ええ、わかりましたわ」

「よし、じゃあ行こうか」

「「「はいっ！」」」

ローグは号令を掛けた後、ナギサに語り掛ける。

《ナギサ、ナビ出せるか？》

《了解、マスター。この古代遺跡はかなり深いようです。地下二百階までありますよ。今マップと最短経路を出しますね》

ローグの視界の端に階層のマップと最短経路が示される。

《地下二百階もあるのか……わかった、ひとまず慎重に進むとしよう》

ローグはその場から奥へ進み、地下一階へと下りる階段がある部屋の扉を開いた。扉が重苦しい音を立てて開く。

「中は……カビ臭いな。埃も溜まってるし……本当に誰も入ってな……ん？」

ローグは積もった埃の中に、奇妙な足跡を発見した。

「この足跡……若干古いが……竜だな」
ローグはカプセルハウスから水竜を呼び出し、足跡を確認させる。
「アクア、この足跡を見てくれ」
《え～！　なんなのよもう！　私の仕事はもう終わったはずでしょ！》
「……確認してくれたら、ここで手に入った酒をやるから。見てくれよ」
《うんうん。これは……間違いなく竜ね！》
水竜は秒で態度を改め、鑑定を終了した。
「どの属性竜かわかるか？」
《そこまではちょっとねぇ……でも、こんな暑い場所に氷竜の奴が来るわけがないし、雷竜もこんな陰気な場所は好まないわね。光竜は人間に交じって暮らすのが好きだし……》
水竜はこれらの情報から中にいると思われる竜を絞り込んだ。
《足跡の大きさから……闇竜もない。となると……いるのは聖竜か邪竜ね》
「聖と邪か……相反しそうだが……これは先に進んで確かめるしかないか。わかった。アクアはもう休んでて良いよ。礼は見つけたら家に放り込む」
《高級で美味しいやつね！》
そう言って水竜は、再びカプセルハウスへと戻っていった。カプセルハウスを回収するローグにコロンが声を掛ける。

「とりあえず進みましょうよ。あまり国も空(あ)けてらんないでしょ？」

「そうだな。クリアするだけならジュカに最下層まで繋いでもらって、俺が行けば終わる。でもそれだと財宝が手に入らないしね。それに、ちょうど良いから二人のレベルを少し上げておこう」

「そんな事よりお宝よ！　この最強のトレジャーハンターコロン様の手に宝箱を！」

相変わらず宝箱大好きなコロンだった。

「はいはい。言っておくけど、大部分はムーラン帝国に渡すからな？　コロンも友達の国がなくなるのは嫌だろ？」

「わかってるって。ジュリアの国は私が開けて入手した宝箱で救ってあげるんだから」

「コロン……！　ありがとうっ！」

熱く抱き合う二人を遠目で見るローグ。

（ああ、ジュリアは知らないんだな。コロンの運が物凄(ものすご)く悪いって……）

ローグはみんなに先に進もうと声を掛け、遺跡内部を進んでいった。

†

浅層(せんそう)には土属性のモンスターが跋扈(ばっこ)していた。敵のレベルはまちまち、ジュリアの剣技だけでも倒せるくらいのモンスターしか出現しなかったため、前衛をコロンとジュリアの二人に任せ、ローグとジュカは宝箱を回収していった。

まだ浅層なので大したモノは出ない。なので、ナギサのナビに従い、初日で地下百階まで一気に踏破する事にした。

「古代迷宮では九十階層からレア度が高いアイテムが手に入ったけど……この遺跡はどうだろうな」

ローグがそう言うと、コロンが不満げに応える。

「とりあえず進もうよ。敵も弱いし、正直旨味が全然ないわ」

「だな、地下百階まで行ったら少し休もうか。ジュカはここからモンスターを適当に捕獲しておいてくれる？　理由は後で教えるからさ」

「わかりました」

「よし、じゃあ進もうか」

ローグはモンスターを瀕死状態まで風魔法で追い込み、コロンとジュリアの二人に経験値を稼がせた。

地下九十階あたりからは、古代迷宮と同じくレアなアイテムが入手出来るようになった。

敵も古代迷宮に比べてもそれほど強くなく、簡単に進む事が出来た。あの特訓の成果が今出ているのだろう。

「中々バランスのいいチームだな」

「そうね。っていうかローグ！　そろそろ交代よ！　宝箱から良いアイテムが出始めてきたのを見てたんだからね！」

「お前は……はいはい。じゃあコロンは中衛な。ジュリアは引き続き前衛、ジュカは後方の警戒を頼むよ」

「ええ、後ろから来た敵は私の亜空間に閉じ込めておきますわ」

その後もローグ達は順調に遺跡を攻略していく。古代迷宮とは違い、一フロアがそんなに広くないので、進むスピードもかなり速かった。


無事、一日目で目標の地下百階まで到達した。ローグはそこでセーフエリアを作り、カプセルハウスを出す。

「よし、今日はここまでだ。ひとまず手に入った宝を整理しようか」

大半は金にもならないアイテムばかりだった。

「まだ浅層だからこんなものか。鉄製品は溶かしてインゴットにしてと……残りはジュカ、空間に入れておいてくれない？」

「わかりました。どうぞ」

ローグは、ジュカの亜空間に要らないアイテムを放り込みつつ尋ねる。

「そういえばジュカって武器使ったりしないよね？」

「ですね。私は空間内では無敵でしたから……敵を空間内に閉じ込めて弱るまで待つというのが私の戦い方です。ですから……ローグ様のように空間から出られる相手だと勝ち目がありません」

　ジュカのスキルについては非常に助かっている。だが、戦力として見るといまいち頼りない感じは否めなかった。

　そう考えたローグは、ジュカに提案する。

「なら少し特訓しようか。二人は先にカプセルハウスで休んでて」

「「はぁ～い」」

　先にコロンとジュリアを休ませ、ローグはジュカと戦闘スタイルについて話し合う。

「ジュカは、十魔将のリューネのように【形態変化】は出来ないの？」

「出来ませんね。あと、腕力もあまり……」

　どうやら、ジュカは空間を操るスキルだけで十魔将になれたらしい。

「じゃあ、【短剣術】と【投擲術】を使えるようになってもらおうかな」

「何故その二つなのでしょう？」

　ローグはそれらを選択した理由を告げる。

「例えばさ、こう……手の上に空間を開くとするだろ？」

ローグは手のひらを上に向け、そこに空間を開いた。

「で、空間から短剣を手のひらに落とし……投げる」

ローグの手から短剣が放たれ、壁に突き刺さった。

「なるほどぉ～」

「これなら要らない短剣も処理出来るし、火炎瓶なんかの投擲アイテムも消費出来るでしょ。敵も倒せてゴミアイテムも減る。一石二鳥だと思わない？」

「ああ、それで、地下に進みながら私の空間にアイテムを？」

「まあね。じゃあ明日から特訓を開始しよう。ジュカは俺と前衛に回ってくれ。あの二人は宝箱の回収でもさせておくからさ」

「わかりました」

明日の方針が決まり、ローグ達はカプセルハウスに戻った。だが、その戻ったローグに地獄が待っていた――

「うっ……！　な、なんだこの異臭は……」

「な、なんですの、この焦げたような腐ったような……形容しがたい臭いは……」

異臭はコロンとジュリアがいる方から漂っているらしい。ちなみにその足元では、アクアが死んだように転がっていた。

「あ、終わった？　なら、ご飯にしましょ。今日は私が作ってみたの！」

そう言うコロンの隣で、ジュリアが涙目になっている。おそらく止めようとしたのだろう。ローグは、自信満々で大きな鍋を抱えるコロンに尋ねる。

「……コロン、それはなんて料理なんだ？」

「え？　シチューだけど？　見たらわかるじゃない」

「「シチュー⁉」」

ローグとジュカは鍋を見てハモった。

「え、えぇ？　に、人間のシチューとはこんな悪魔的な色合いをしていますの⁉」

「そんなわけない！　あれを基準にするな……」

コロンの抱える鍋の中身は、とてもシチューと呼べるものではなかった。

色は白ではなく紫。しかもぼこぼこと煮立っている。そして人参は皮を剥いてすらなく、半分に切ってそのまま入っているように見える。そこから推測するに、おそらく全ての野菜は切って放り込んだだけだろう。

「なぁ、コロン。俺が作ってやったシチューはそんな色だったか？」

「ああ、色ね。同じじゃつまらないじゃない。これは私だけのオリジナルレシピで作ってみたのよ！」

はい来た。料理下手が最初にやらかす失敗その一。レシピを守らない。

ローグはそう思って不安になりつつ問う。

「そ、そうか。ちなみにその紫の元はなんだ？」

「ふふふ～。それは秘密よ！　食べたらわかるわ！」

（お、おそろしい。あれを食えと言うのか⁉　今まで戦ったどんな敵よりも命の危機を感じるぞ⁉）

　ローグは恐る恐る尋ねる。

「そ、その足元に転がっているアクアはどうしたんだ？」

「ああ、これ？　なんかお腹減ったからツマミ欲しいっていうからさ、先にこれを食べさせてあげたのよ。そしたらなんか寝ちゃってさぁ。酔ったのかな？」

　コロンは竜を倒してしまうほどの謎シチューの鍋をテーブルに置き、さらにオーブンの扉を開いた。

「「くぅうううううっ⁉」」

　オーブンの扉が開かれた瞬間、ローグとジュカの目を刺激臭が襲う。この時点でジュリアは死んだ。

「うん、上手く出来てる！」

　どこをどう見たらその結論に至れるのか、不思議でならないローグ。

「わ……私もう限界ですぅぅぅぅっ！」

「あ、ジュカ‼」

ジュカは泣きながらカプセルハウスを飛び出していった。それを見てコロンは首を傾げる。

「あら、ジュカどうしたのかしら？」

ローグは必死に涙を堪えながら、新たに登場した謎の黒い物体が何なのか、コロンに問い掛ける。

「はぁっ……はぁっ……！　コ、コロン！　そ、それはっ⁉」

「ふふ〜ん。シチューが余ったから、チーズグラタンにしてみたの！　私って天才じゃない⁉」

天才というか天災だ。

ローグはそう考えつつ頭を抱えた。

「あれ？　いつの間にかみんないなくなっちゃった。ま、いっか。さ、食べてローグ？」

コロンが鍋から皿にシチューをよそい、ローグの席に置いた。

その皿には、何故か骨が浮かんでいる。

「……コロン。この骨はなんだ……」

「あ、それ？　オークの骨付き肉だよ。ちょっと煮込みすぎたかな？　お肉が骨から外れちゃったみたい。ごめんね？」

謝るのはそこじゃない。本当に謝る部分は他にも沢山あるだろうに。ローグはさらに頭を抱えた。

「あ～、ちなみにだが……味見はしたのか？」

「しないわよ。だって食べられる物しか入れてないし？」

はい来た。料理下手がやらかす失敗その二。味見をしない。

ローグは絶望的な気持ちになりながら告げる。

「た、確かに食べられる物を入れるのが料理だがな？　料理はバランスが大事なんだ。都度、味見をして味を調えるのがプロってものだぞ？」

「え～？　私はもっとプロだから感覚でわかるし？」

はい来た。料理下手がやらかす失敗その三。全てが目分量。

ローグがふと足元を見ると水竜が動き出した。

《うう……ロ、ローグ……！》

「アクア！」

水竜が意識を取り戻したようだ。

それに気付いたコロンが水竜に声を掛ける。

「もう、そんなに味見が大事なの？　なら……ほい」

《ふぎゃぁぁぁぁぁっ！　うあぁぁぁぁぁ……あ……》

謎チーズグラタンを口に放り込まれた水竜は、声にならない声を上げ、悶絶しながら再び死んだ。

「あら？　レベルが上がったわ？」

「うぉぉぉぉっ⁉　【リザレクション】‼」

ローグはすぐさま水竜に復活魔法を施した。竜すら殺してしまうコロンの料理。ローグはコロンに言った。

「コロン、まずは自分で食ってみろ。食って生きてたら俺も食ってやる」

「はぁ？　なに？　まだ私が料理下手だと思ってたわけ？　ふん、いいでしょう。食べてあげようじゃないの！　美味しい物しか入れてないんだから不味いわけないじゃないの」

コロンは自分の料理を一口だけ口に含み……その場に倒れた。

「……うん。まだ脈はあるな。今のうちにこれは処分してしまおう」

ローグは、コロンの作った悪魔のシチューと滅竜グラタンを魔導トイレに流し、事なきを得た。その後すぐさま室内に清浄魔法を施し、地獄の環境を改善させたのだった。

全員を回復させたローグは、コロンにこう言い渡す。

「コロン、お前には今後一切の調理行為を禁ずる。もし破った場合は重い罰を与える。第一王妃だろうが罪は罪だ。見ろ、アクアを！」

水竜は部屋の隅で震えながら泣いていた。

「な、なんでよ！　たった一回失敗しただけじゃない！」

「その一回でアクアは一度死んだ。俺がいなかったら今頃あの世だ。お前だって死線を彷徨っていただろうが！」

「え？　なんの事？　アクア先に食べたの？」

どうやら記憶が飛んでいるらしい。

「とにかくだ、お前は二度とキッチンに立つな。もし立ちたいなら、俺が見ている時で俺の言う事を守れる時だけにしろ。良いな？」

「ぶ～ぶ～！」

「反省しろよ!?」

その後、みんなでローグが作った食事を取り、ダンジョンアタック初日を終えるのだった。

†

翌日、ローグ達は再び階層を進んでいった。

水竜は昨日のトラウマから一切部屋から出てこなくなった。後で何か美味しい物でも送るとしよう、ローグはそう考えた。

　百階層に入ると、これまでより多くのモンスターがローグ達に向かってくる。その数は明らかに多い。

「なんだかおかしいな。階層内の敵が多すぎる気がする」

　これにはジュカも不穏な空気を感じていた。

「そう……ですね。もしかして……この階層にいるモンスターは下層から上ってきてるのではないでしょうか」

「理由は？」

「そうですね。階層を下りるごとに私は嫌な空気に包まれていく気がしています。魔族の私が嫌という事は……」

　ローグはジュカのその言葉で、下層に何が存在しているのか気付いた。

「……聖竜か？」

「おそらくは。聖なる気は魔族が最も嫌うもの。申し訳ありませんが、もう何階層か進んだら私は使い物にならなくなるでしょう……」

「そんなにか？」

「はい。この苦しみは魔族にしか伝わらないでしょう」

「わかった。あまり無理はしなくて良いよ。きつくなったら俺に声を掛けてくれ。で、カプセルハウス内に避難(ひなん)していてくれ」

「わかりました」


そうして進む事、地下百二十階。ついにジュカは耐えられなくなった。額に脂汗(あぶらあせ)を浮かべ、息も荒くなっている。

「ロ、ローグ様……っ。も、もう……」

「ああ、わかった」

ローグはカプセルハウスを出した。

「後は俺達でやる。ジュカは中で休んでいてくれ」

「お、お役に立てず申し訳ありません」

そう言い、ジュカはカプセルハウスの中へ入っていった。

「ここからは三人で攻略するしかないな。コロン、ジュリア。体力はまだ持つ？」

その問いに、コロンとジュリアは余裕を見せる。

「私はまだまだいけるわよ。宝箱を見たら元気百倍！」

「私も大丈夫よ。レベルも上がってきたし、まだ魔力は十分残ってるわ」

「わかった。なら行けるとこまで進もう。この量の敵も今だけかもしれないしね。頑張ってこの階層を切り抜けていこうか」

　しかし、ローグの予想は外れ、階層を進んでも進んでも一向にモンスターの数は減らなかった。

「っ！　きゃっ⁉」

「コロン！　【ミドルヒール】！」

　疲れが見え始めたコロンが一瞬の隙を突かれ、モンスターの攻撃をくらった。ローグは回復魔法を施す。

「ったたた……」

「大丈夫か？」

「え、ええ。でも……なんかおかしくない？」

　その時だった。ジュリアが何かを見つけて叫んだ。

「ロ、ローグ！　見てあれっ！」

「ん？　なっ⁉」

　ジュリアが指差した先には、下の階層へと進む階段があった。驚いた事に、その階段からモンスターが大群で押し寄せてきている。

「なるほど。ジュカが言っていた通りだったな」

「「え？」」

　ローグは階段に向けて強力な風魔法を放った。その魔法でモンスターは全て吹き飛ぶ。

「おそらくあのモンスター達は本来もっと下の階層にいるはずなんだ」

「ど、どういう事？」

ローグは階段に結界魔法を張り、下からモンスターが入ってこられないようにしてから、二人に言う。

「俺達がこの階層で倒していたうちの何割かは、下の階層から来たモンスターだったんだ。倒されたモンスターがまた下の階層でリポップし、聖竜の聖なる気から逃げて、上の階層に来ていたんだよ。だから、いくら倒しても数は減らないし、敵の強さもバラバラだったんだ」

「そ、それじゃあ、この大量のモンスター地獄ってずっと続くの⁉」

「倒しながら進む限りは、減る事はないだろうね」

「うぇぇ……そんなの体力的にきついよぉ……」

この事実に、二人はどっと疲れが押し寄せてきたらしい。そのまま地面にへたり込んでしまった。

「多分だけど、聖竜の聖なる気が強すぎるんだ。もしかしたら、下層は聖域化しているのかもしれない。これは予想だけど……最下層に近い場所には、モンスターがいなくなっていると思う」

「それってあと何階先？　モンスターはリポップしたら全回復してるけどさ、こっちはスタミナがどんどん減る一方よ……」

「確かに二人にはキツイな。よし、二人もカプセルハウスに入ってくれ。ここからは俺が一人で進む。敵が少なくなった階層まで到達したら、階段に結界を張ってモンスターを閉じ込める。そしたら宝箱狩りを再開しよう」

この提案に二人は頷き、カプセルハウス内へと避難していった。

「さて、ここからは少し本気で行くか。周りに味方はいないから、ちょっとくらい威力が高い攻撃をしても大丈夫だよね」

ローグは一人になった事でさらに攻略速度を上げた。地下百五十階からは、古代迷宮の最下層よりも少しだけ強いモンスターが現れるようになった。

「はいはい、通りますよっと」

ローグは両手に刀を持ち、最短距離を駆け抜ける。一筋（ひとすじ）の光が走ったかと思うと、モンスターは気付かぬうちに両断されていた。ローグが駆け抜けた後には何も残らなかった。

「おおおおおおっ！」

《《《ギャァァァァァス‼》》》

駆け抜ける事、一日。地下百八十階層でモンスターの出現が落ち着いた。

「ここだな。じゃあ……やるか」

ローグは地下百八十階の上に続く階段を結界で封鎖し、下に続く階段には亜空間への入り口をセットした。

ナギサが尋ねてくる。

《マスター、何故そのような事を？》

「ん？　わからないか。地下百八十階のモンスターを隔離出来るし、下から来たモンスターは亜空間内に隔離出来るだろう？　数が多くなければコロンやジュリアでも十分戦えるからね。地下百八十階でレベル上げと財宝集めをしようと思ったのさ」

《なるほど……地下百八十階層のモンスターは災難ですね》

「え？　百八十階から下は毎回そうする予定だけど？」

《鬼ですか……》

ローグは二人のレベルに合わせ、一階層ずつ攻略していくように考えていた。

そうして半日待ち、リポップしたモンスターが結界を通れない事、また下の階からモンスターが上がってこない事を確認する。

「うん、どうやら成功したようだ。この数なら二人でも大丈夫だろう」

ローグはカプセルハウスを出し、コロンとジュリアを外に出した。

「終わったの？」

「いや、敵の数を正常な状態に戻した」

「「え？」」

ローグは二人に行った作業の内容を説明した。

「じゃあ、この階層に現れるモンスターは二十匹だけ？」

「うん。しかも全員がリポップした瞬間に、上へと続く階段に向かっていくんだよ。でも、上に続く階段は俺が封鎖している。これで狩り放題の狩場の出来上がりだ」

「「……鬼ね」」

二人はローグに呆れていた。

「何言ってるんだよ。狩るのは二人だ。余裕で勝てるようになるまで下には下りないからね？　俺はカプセルハウスで休むからさ、あとは二人で狩っておいてね」

ローグは二人に狩りを任せ、カプセルハウスで休息を取った。疲れた身体をベッドに横たえるとすぐに眠気が襲い掛かってくる。

「ふぁ……さすがに少し疲れたな。後は二人に任せて休もう……おやすみ……」

環境を整えたローグは泥のように眠るのだった。

†

ローグから狩りを任された二人は、張り切ってモンスターを狩りまくっていた。

というのも、コロンはローグに交渉し、二人で狩って得た宝は全て自由にして良いと許可を取り付けていたからだ。

「ジュリア！　そっち行ったよっ！」

「任せて！　合成魔法っ！　【ファイアストーム】‼」

コロンが素早さを活かし敵を攪乱しつつ、体力を削る。そして、後方で待機するジュリアの方へと誘導し、ジュリアが魔法で止めを刺す。

その逆の戦法もまたしかり。二人は実に良いコンビだった。

「【ウィンドエッジ】‼」

「よぉ～し、あとは私が！　【流し斬り】‼」

ジュリアの魔法で敵をズタズタに引き裂き、動けなくなったところをコロンが討ち取る。

二人は協力してモンスターを狩り続けていた。

「お宝、お宝～！　お、虹金貨ゲット～！」

「やったわね、コロン！」

「うんうん、このダンジョンめっちゃ美味しいかも！」

そんなふうにして、半日かけてモンスターを狩り続けた。毎回コロンが必ず宝箱を開けるせいでモンスターの罠が発生し、二人は順調にレベルを上げた。

「いやぁ……最初の一撃が全部先制攻撃出来るなんて余裕ね」

「そうね。みんな上に向かって一目散に逃げようとするんだもの。私達に攻撃されるまでこっちに向かってこないしね。ファーストアタックが取れるのはでかいよ」

モンスターは下からの聖なる気を嫌って離れようとするので、コロン達が不意打ちをくらう事もなければ正面から対峙する事もない。実戦は実戦だが、ハンデありの戦闘に近い状況だった。

「どうするコロン？　そろそろ別行動してみる？」

「そうね。その方が効率良さそうね。午後からはソロでいきましょ」

「了解！」

二人は半日に一回は戻るようにとローグから言われていたので、カプセルハウスに戻ってくる。

「「ただいま～」」

「お帰り。どうだった？」

ローグに問われ、二人は午前中の戦果と午後の方針を告げた。

「うん、レベルも四百を超えたし、そろそろ大丈夫かもね。でも油断しちゃだめだよ？」

「「はいっ！」」

こうして午後の狩りへと向かう二人。

コロンとジュリアがレベル上げに精を出している間、ローグは水竜のリハビリを行っていた。

《はぐはぐ……ううっ、美味しいよぉ……》

すっかり食事に恐怖を覚えてしまった水竜はかなり重症だった。

「気の毒に……ほら、好きなだけ飲めよ、アクア」

《ありがとう、ありがとう……！　ぐびぐびぐび……》

水竜は泣きながら酒を飲み、ローグの作った料理を味わっている。仮にも一度は死んだ身。水竜はすっかり大人しくなってしまった。

ジュカが感心するように言う。

「竜をこんな状態にしてしまうだなんて……コロンさんの料理は危険ですわねぇ……」

「あれは料理なんかじゃない。最早武器だ。竜ですら殺せるんだ。人類の最終兵器といっても過言ではないだろうなぁ……」

「恐ろしい奥様をお持ちですね、ローグ様は……」

「昔より酷くなっている気がするよ……あれに料理はさせちゃいけない。第二のアクアを出さないためにもな。ジュカも、コロンが無許可で厨房に近付いたら、すぐに亜空間に放り込んで良いよ」

「もちろんですわ。私も命は惜しいですもの……」

《コロン怖いコロン怖い……！》

どうやら、水竜の完全復活まではまだまだ掛かりそうだ。

（もしどうにもならなかったら、【記憶操作】で料理の記憶だけ消してやろう）

ローグはそう思いつつ、心に深い傷を背負った水竜に優しく接してやるのだった。

†

狩りを続けて二週間が経過した。コロンとジュリアの二人は順調に力をつけ、地下百九十階へと到達した。

ローグも合流しているのだが、彼ら三人は今とんでもない光景を目の当たりにしている。

地下百九十階ではまだ敵を倒してすらいないのに、大量の宝箱がそこら中に転がっているのだ。

「おっ……おぉぉぉぉっ!?　何ここ！　天国!?　天国よねっ！」

「ど、どうなってるのこれ？」

「なるほど、これはあれだな」

「「どれ？」」

ローグは二人にこの光景の理由を説明する。

「多分だけど、ここから先は聖竜の聖なる気が強すぎるんだよ。で、モンスターはリポップした瞬間に浄化されて死んじゃうんじゃないかな。あ、ほら」

ローグが指差した先では、モンスターがリポップした瞬間に断末魔の悲鳴を上げて消えていっていた。残されたのは宝箱のみ。

「だが、これじゃ宝箱は手に入らないな」

「えっ⁉ な、なんでよ⁉」

ローグはコロンに理由を説明した。

「ダンジョンの宝箱は敵を倒した者か、そのパーティーの者しか触れられないようになっているんだよ。で、この宝箱は聖竜が敵を倒して得た宝箱。俺達はほら、宝箱は見えるけど触れないいんだよ」

ローグが宝箱へと手を伸ばすが、手は宝箱をすり抜けて触れられなかった。

「なっ！ 見えているのに触れないだなんて！ な、なんて地獄なのぉぉっ⁉」

コロンは天国から地獄へと叩き落されていた。

「ここから先は敵も出ないだろうしゅっくり進もうか。残り十階、聖竜は最下層にいるだろうからね」

「たからばこぉぉ……あ、増えた……！ ふぬぅぅぅっ！」

コロンは唇を噛みしめ、宝箱を睨むのだった。

　地下百九十階より下の階層はまるで教会のような空気感だった。聖なる空気は邪(よこしま)なるモンスターを全て浄化してしまうようだ。

「聖竜がいるだけで聖域と化しているのか。これではモンスター達も上層に逃げてくるわけだ。こんな空気、近付くだけで浄化されそうだもんなぁ……」

「ジュカも危(あぶ)ないかもね。今頃カプセルハウスの中で震えてんじゃない？」

「そうかもね。でもそんなすぐに聖域化しないと思うんだよね。聖竜は数十年単位でここを根城(ねじろ)にしてたんじゃないかな。この遺跡が埋まっていて良かったよ。もし地上にあったらスタンピードを起こしていたかもしれなかった」

「そう考えると、探索した苦労も無駄じゃなかったと思えるわねぇ……」

　ローグ達は順調に階層を下りていった。敵も出ないので、いつの間にか体力や魔力も全回復している。

　そして、いよいよローグ達は最下層である地下二百階へと下りる階段の前に到着した。

「さて、二人はカプセルハウスに入ってくれ」

「わかったわ。ローグ、気を付けてね？」

「ああ。聖竜を倒したら呼ぶ。それまで待機しててくれ」

　もし浄化されていないモンスターがいたら倒させようと思っていたが、ここまで一匹もモンスターは現れる事がなかった。ローグは二人がカプセルハウスに入った事を確認し、

『魔法の袋』にしまった。

†

竜との戦いに向け、気を引き締めるローグ。

「さて……いよいよ五体目の竜と対面だ。これまでの竜は戦いにはなったものの、暴れ回るような竜はいなかった。けど、全ての竜がそうとは限らないからな……油断はしないで本気でいこう」

ローグは装備を整え、地下二百階へ下りていった。

最後の階層はワンフロア、階段を下りた先には巨大な扉が一枚あるだけ。奥からはこれまで以上に聖なる気を感じる。

そして、さらに何者かがこちらを見ている気配がする。

ローグはそんなふうに感じつつ、扉を開ける前に一呼吸置く事にした。

「ふぅ……凄い力だな。今まで出会った竜の中でも最強かもしれない。おそらくこの扉を開けたらブレスか何かが飛んでくるんだろうな……ひとまず能力を強化してから行こう。【フルブースト】【マジックガード】【リフレクト】【ブリンク】！」

ローグは今持てる力を全て使い、自分を強化した。そして、扉の前に岩で作った人形を置いてから、扉を破壊した。
《【ホーリーツインキャノン】》
その瞬間、向こうから物凄い威力の攻撃が、開かれた入り口全てを埋め尽くす。
聖竜が放ったと思われる光の柱は、ローグが設置した人形を一瞬で塵にしていた。やがて聖なる光が収まっていく。

スキル【ホーリーキャノン】を入手しました。


聖竜のスキルを入手したローグは、このスキルについて冷静に考察していた。

（なるほど、今の攻撃は手から放ったのか。両手で放つとツインになるわけか。あんなのくらったら影しか残らないな……）

考察を終えたローグは、何食わぬ顔でゆっくりと部屋の奥に立つ竜へ向かって歩いていく。

「聖竜だな？」

聖竜は自分の眠りを妨げに来たローグに、不快感を露わにする。

《何者ですか。私は誰にも迷惑を掛けず、ここでただ寝ているだけ。誰かは知りませんが、そんな私の眠りを邪魔しないでほしいですわね》

「寝ているだけ？　いきなり派手な挨拶してくれたじゃないか。それに、お前の放つ聖なる気を嫌って、モンスター達が上に逃げてきてるんだよ」
《こんな埋まった遺跡に来る酔狂な人間なんて、あなた以外にはいないわよ。ねぇ？　神の使徒さん？》
「……何故知っている」
聖竜はローグを見てこう言った。
《あなたからは神の気配を感じる。けれど、種族はハーフエルフね。そこから答えを導き出したのよ。どうやら本当に神の使徒みたいね》
ローグは、してやられたと思い、唇を噛む。
「誘導尋問かよ。まぁ良い。知られて困る事でもないしね。知ったなら話は早いな。聖竜、俺の仲間にならないか？　俺の所には他の竜達もいるぞ？」
《……私は一人が好きなの。大勢でワイワイとか願い下げよ。どうしても連れていきたいなら……私を力でねじ伏せてみせなさい？》
ねじ伏せてみろ。そう言った聖竜は、全身に聖なる気を纏い始める。
《【セイントオーラ】。これは身体全体を聖なる気で包み込み、魔法防御や身体能力を何倍にも増加させるのよ。あなたの力で破れるかしら？》
自身を強化した聖竜は、バサッと翼を広げ空中に浮かび上がる。

スキル【セイントオーラ】を入手しました。

「来いっ、聖竜！」
ローグはまず聖竜の力を見る。ついでに、他のスキルがあれば手に入れるつもりでいた。
《私の眠りを妨げた事を後悔させてあげるわっ！》
空中に浮かび上がった聖竜は、左右に広げた翼に聖なる気を籠める。
《これを躱せるかしら？　いくわよっ！　【ホーリーフェザー】‼》
「速いっ！」
ローグに無数の羽が襲い掛かる。聖なる気を纏った羽は直線的ではなく、あらゆる方向からあらゆる軌道でローグに向かってきた。

スキル【ホーリーフェザー】を入手しました。

「このっ！」
ローグは躱しながら両手に構えた刀で次々と羽を叩き落していく。だが、残る羽が躱したローグを追尾していった。

「めんどくさっ⁉　追尾式かよっ！」

《さあ、私の羽はどこまでも追い掛けていくわよっ！　無事に全てを叩き落せるかしらね？　【ホーリーフェザー】！》

「なっ⁉」

聖竜は追尾する羽をさらに増やした。

「くそっ、キリがないな。【空間移動】！」

《え？　ちょっ……！　あぁぁぁぁっ！》

ローグはジュカのスキル【空間移動】で聖竜の背後へと転移し、追尾する羽を全て聖竜自身に返してやった。

「……聖なる竜には効果は薄いようだな」

ローグは再び聖竜から距離を取り、自身の攻撃をくらった聖竜の様子を窺った。

《転移系能力持ちなんて……面倒ね……》

聖竜は翼を閉じて羽を防いでいた。どうやら翼の外側は硬く、物理攻撃を防ぐシールドになるようだ。

ローグは無傷の聖竜に向かい刀を構える。

「便利な翼だな」

《ふん、自分の技で傷を負うほどマヌケじゃないわ》

聖竜は【転移】が使えるローグを少し警戒し、戦い方を練る。
《【転移】だって万能じゃない。しかも自力では私の方が上のようね。なら接近戦あるのみ！　いくわよ！》
聖竜は遠距離攻撃から接近戦へと戦い方を変えた。
《【聖なる剣の舞】！》
聖竜が両手を突き出すと十本の実体のない剣が現れ、空中をくるくると回転する。

スキル【聖なる剣の舞】を入手しました。


「色んな技を持っているなぁ」

ローグは内心ほくほく顔だった。強力な竜のスキルがどんどん手に入る。

《伊達に長く生きてないって事よ。たかだか十数年しか生きていない人種に負けるなんてありえないわ！　舞えっ！　聖なる剣よ！》

十本の剣が様々な角度からローグに向かってくる。しかもこの実体のない剣は、刀では防げないようだ。

「くうっ！　これまた面倒な攻撃をっ！」

《ほほほほっ！　切り刻まれなさいっ！》

「そうはいくかっ！　闇魔法【シャドーウォール】！」

ローグの足元から黒い手が湧き出し、聖なる剣を相殺していった。

《や、闇魔法⁉　使えたのっ⁉》

「さぁ、このスキルは破ったぞ。まだ手はあるのかな？」

聖竜は、ローグを格下の人種と侮っていた。

《たかが人種が竜より強いわけないじゃない！　全力で叩き潰してやるわっ！》

そう言うと、聖竜は先ほどよりもさらに剣の数を増やした。それに加え、爪を伸ばしてそこに聖なる気を纏わせる。

どうやら次は自身も攻撃に加わり、手数でローグを押すつもりのようだ。

《死ねっ！　生意気な人種！》

「ふっ、もう手はないようだな。なら……【セイントオーラ】！」

《えっ⁉　それは私のっ！》

自身のスキルを使われた聖竜は一瞬困惑した。

「さぁ、これで能力は俺の方が上になったな。そして……」

ローグは『魔法の袋』に刀を仕舞い、新たに漆黒の剣を両手に持ち、構える。

「『双剣サタナキア』。聖なる気を断つ自作の剣だ。さぁ、ここからが本当の戦いだ。始めようか。ふっ！」

フッと、ローグの姿が聖竜の視界から消える。

《消えっ！　きゃんっ‼》

ローグは【セイントオーラ】で能力を強化し、さらに【縮地】を使い聖竜の背後を取る。

そしてそのまま聖竜の背後に一閃、二閃と斬撃を与え、白い背中に十字の傷を刻み込んだ。

《いったぁぁぁっ！　わ、私の身体に傷をっ！　よ、よくもぉぉぉぉっ！》

「どうした！　お前の全力はそんなものかっ‼　まだ隠している力があるなら俺に見せてみろ！」

《くっ！　見せたらまた盗まれるじゃないのっ……！　スキルは使えない！》

聖竜は攻めあぐねていた。

聖竜は、【セイントオーラ】を使っている状態で傷を負った事は今まで一度もなかった。

しかも、スキルを使えば盗まれるというジレンマに苛立ちを覚えている。

《こ……のっ！　人種のくせにぃぃぃっ！　竜を舐めないでっ‼　スキルがダメなら魔法で‼　竜魔法【ホーリーノヴァ】！》

聖竜を中心に聖なる光の爆発が起きる。

地面は抉れ、遺跡全体が揺れた。

スキル【竜魔法レベル：MAX】を入手しました。

「これはまずい！　【亜空創造】！」

　ローグは迫る爆発を亜空間に入ってやり過ごし、何事もなかったような顔で再び元の空間に戻ってきた。

《ズ、ズルいわよっ！　別空間に逃げるだなんてっ！》

「これも俺の能力だからな。それにしても……ふむ、竜魔法か。良いモノを見せてくれてありがとう聖竜。では俺からお前にお返しだ。竜魔法【イビルノア】！」

《そ、それは邪竜のっ⁉　なんであなたがっ‼　やっ⁉》

　黒い球体が聖竜の全身を包み込む。そして、その球体は内部にいる者に闇属性のダメージを延々と与え続けた。

《きゃぁあっ‼　ぼ、防御っ……た、足りないっ！　いぎぎっ‼　きゃあぁぁあぁあっ！！！》

　ローグはこれ以上は危険と判断し、聖竜に向けた魔法をキャンセルする。

　すると、ボロボロになった聖竜がドサッと地面に崩れ落ち、息も絶え絶えな状態になっていた。そんな聖竜に、ローグは停戦を申し込む。

「降参しないか？　それとも……ここで最期を迎えるか？」

《……………こ、降参……します……私の……負け……です》

そう言い切ると、聖竜は地面に伏した。

「ほいっと」

ローグは地に伏した聖竜の身体に『エリクシル』を振り掛け、傷を癒す。傷が癒えた聖竜はゆっくりと身体を起こし、ローグに頭を下げた。

《……ありがとう。死ぬかと思ったわ……》

「死なれたら困るからね。ちゃんと途中で魔法もキャンセルしただろ？」

《さっきの魔法……竜魔法よね？　あれは邪竜の竜魔法のはず。なんであなたが使えるの？》

ローグは聖竜の問いに答える。

「竜魔法を覚えたからさ。魔法の類いを一つでも見られれば、同じ属性の魔法を使えるようになるんだ。だからさっき使った以外にも他の竜魔法も使えるぞ？　例えば……【ドラゴンフォーム】！」

ローグは自身の姿を、竜魔法で竜へと変えた。

その姿は白銀に輝き、金色のオーラを纏っていた。

《そ、それはっ！　り、竜化の魔法!?　私達には必要ない魔法だけど……気に入った異性に教えて、番になるための……！》

《神の使徒の竜だから……神竜で良いかな。ははっ、どう？》

　聖竜はポ～っと竜化したローグの姿を見つめている。
《力は申し分ない……見た目は神々しい……まさに……まさに私の相手に相応しいっ！
あなた、名前は？》
《俺？　俺はローグ。ローグ・セルシュだ》
　聖竜の瞳がハートになっている。
《ローグ……私と番になりなさい！　いえっ……なってください！　お願いしますぅぅ
うっ！》
《うぉぉぉぉっ！　ま、待てぇっ‼》
　聖竜は戦いの時より強い力と迫力でローグに迫る。
《待ちません！　決めましたっ！　私はあなたに生涯ついて行きますぅぅぅぅっ！》
《追ってくるなぁっ⁉　わかった、わかったから！　ついて来るのは構わないからっ！》
《本当ですか⁉》
《ああ。だが仲間としてだ。男女のそれは……ほら、まだ俺達出会ったばかりだし！
もっとお互いの事を知ってからな？　それで納得してくれ！》
《そ、そうですよね！　まずはゆっくりお互いの事を知らないと！　では、私が生まれた
時からの話を……》
《待て、それは何年掛かるんだよ……それにこんな地下じゃな？》

《……それもそうですね。ではここから出ましょう！　さぁ早く！》

こうしてローグは新たに聖竜を仲間に迎え、地上へ帰還するのであった。

†

地上へと戻ったローグはカプセルハウスを取り出し、コロン達を呼び出した。水竜が聖竜とローグを見て首を傾げる。

《あら？　聖竜じゃない。久しぶりね……と誰？》

《水竜⁉　いたの⁉》

《誰とは失礼な。見たらわかるだろ。ローグだよローグ。もしかして【記憶操作】で俺の事を忘れさせちゃったかな？》

水竜の反応に困惑するローグに、コロンが話し掛ける。

「ローグ？　あなたついに人間やめちゃったの？」

「あわわ……白銀の竜だ……！」

「くふぅ……！　聖なる気が辛いですわぁ……」

そこでローグは思い出した。

《あ、竜化解除するの忘れてた》

ローグは竜化を解除し、みんなに改めて帰還を告げる。聖竜は小さくなり、人型に戻ったローグの肩に乗っていた。
「なんだ、スキルだったのね。聖竜がいるって事は……勝ったのね？」
「ああ、俺が勝って仲間にした」
ジュリアに返答するローグ。コロンが物騒な事を言う。
「これで五体目かぁ……もう世界征服しちゃう？」
「馬鹿か。そんな事したら神に罰せられるだろ。無理矢理はダメ、絶対」
「冗談よ冗談」
そんな話をしていると、左肩に乗った聖竜と右肩に乗った水竜が言い合いを始めた。
《あれ～？　もしかして姉さん、ローグに負けたの？　ぷぷぷ～》
《なっ！　あなたこそ！　あなたこそ負けたから、私のローグと一緒にいるんでしょ！》
《私の？　あれ？　まさか姉さん……ローグに惚れちゃったの？》
《わ、悪い？　あなただって見たでしょう！　ローグの竜化した神々しい姿を！　私の夫に相応しいのはローグしかいないわっ！》
《神々しいねぇ……ま、好きにしたら？　私はお酒さえあれば良いもんねぇ～》
《……その性質、まだ治ってなかったのね。昔からお酒で失敗ばかりして……まだ懲りてないのかしら》

《ふんだ。お酒は私の生きがいよ！　死んだってやめるもんですか》

一度死んだからやめても良いのでは？　とは言えないローグだった。

「お前達、口喧嘩するなら降りてしろよ。両耳が痛いわ……」

竜達はローグから降り、再び口論を繰り広げ出した。ローグは諦めて、言い争いを傍観している。

そこにコロンが話し掛ける。

「で、ローグ。これからどうするの？　ナイルに帰る？」

「そうだな、ナイルに戻ろう。皇帝に遺跡の事とか報告しないとね」

「そうね。ジュリアの両親にも会いに行きましょ」

「じゃあ、ナイルまで【転移】で帰ろう。お〜い、そろそろ行くぞ？　置いていかれたいか？」

《《待ってぇぇっ！》》

ナイルへと帰還したローグは、ジュリア達をアンセム家へと預け、一人王城へ向かった。

「陛下、ただ今戻りました。古代遺跡、ありましたよ？」

皇帝はその報告を聞き、口に含んでいた茶を豪快に噴き出した。

「そ、それは誠か？　あれはお伽噺ではなかったのか⁉」

「いえ、ちゃんと存在していましたよ。ただし、砂の中、地中深くにですけどね。あれでは普通の人間は存在さえもわからないでしょう。そして、その遺跡の最下層に聖竜がいましたので、倒して仲間にしてきました」

皇帝は唖然とし、ローグの話を聞いていた。

「まさか本当にあったとはのぅ……して、宝はあったのかな？」

「ええまぁ。黄金の棺やら、黄金のオブジェやらがたんまりと。それと、モンスターを倒して得たお金もかなりあります。遺跡に向かう前に約束した通り、アースガルドというか、私はムーランに資金を援助出来ます。ムーランが立ち直るためには如何ほど必要でしょうか？」

ローグが尋ねると、皇帝は申し訳なさそうに答える。

「正直、今国庫は空だ。来年の税が入るまで臣下に払う給料すらない。さらに、国の整備などにも金は掛かるので、少なく見積もっても虹金貨三十枚は必要じゃろうな……」

「え？　そんな額で良いのですか？　それならば、遺跡で稼がなくともすぐにお渡し出来たのですが……」

皇帝は驚きつつも、ローグの総資産が気になって尋ねる。

「ちなみに……君の個人資産は如何ほどかの？　いや、無理なら言わんでも良いぞ？」

「個人資産ですか？　えっと……ごにょごにょごにょ……ですかね。正直使い道がないので。修業でダンジョンに入る度に増える一方でして」

ごにょごにょの時だけ、ローグは耳元で伝えた。

皇帝は明確な額を聞いて、腰を抜かしてしまう。

「お主……それだけあれば世界を買えるぞ……世界を我が物にしようとは思わなんだか？」

「興味ないですね。私の目的は、悪人の排除と、困っている人を助ける事。それ以外は些事ですね。それに、世界を手に入れられるなら、竜を使えば一瞬です。ま、やりませんが。それよりも、ムーラン帝国も同盟国となりましたし、協力は惜しみませんよ。虹金貨三十枚などと言わず、民が幸福に不安なく生活出来る額を言ってください、陛下」

皇帝は、ローグの好意に甘えると決め、改めてギリギリ来年の税収を視野に入れない額を提示した。

「……虹金貨五十枚！　これだけあれば十分じゃ。頼めるか？」

「わかりました。ではこれをお受け取りください」

ローグはすぐに虹金貨を五十枚入れた袋を皇帝に渡す。

「すまぬ！　恩に着るぞ、ローグよ……」

「いえいえ。また何かありましたら、遠慮なく言ってください。俺達は同盟国ですからね。今渡したお金は返済期限を設けませんので」

「すまんのう……そうじゃ、もしお主も何かあったら、またいつでも来ると良い。それで……お主はこれからどうするつもりじゃ？」

　その問い掛けに、ローグは一度アースガルドへと戻ると伝えた。

「ふむ、なるほど。ならば、お主にこれだけは伝えておこう。ムーランの砂漠を越えた先に、霊峰レイグルがあり、その先にワーグナー王国がある。この霊峰には、雷が止まない湖があるのじゃがの、最近特に酷いらしい。雷のせいで、ワーグナー王国からこちらに入国するのに遠回りしなければならず、なんとかならないかと相談があったのじゃ。それとワーグナー王国では、ここ最近辻斬りが出ているのじゃ。強そうな冒険者を見掛けると勝負を挑むらしい。これもなんとかならぬかの？」

　ローグは顎に手を当てて考える。

（霊峰レイグル、止まない雷か……怪しいな。もしかしたら雷竜がいるんじゃないか？　そしてワーグナー王国に現れた辻斬り犯……まさか魔族じゃあるまいな。今は対象が冒険者に限定されているが……強者を狩り尽くしたら、別の国に喧嘩を売りそうだな。こちらも調査が必要か）

　考えをまとめたローグは、皇帝に頭を下げる。

「わかりました。情報ありがとうございます。お陰で次の目的地が決まりましたよ」

「おぉ、行ってくれるか！　霊峰が通れぬと貿易もままならんのでな。すまぬが、またお主を頼らせてもらおう。その顔だと、原因に心当たりがあるようじゃしの？」

「ええ。まぁ……気のせいで、ただの自然現象ならそれで良いのですがね。では、私は一旦帰ります。何かありましたら、アースガルドまで手紙でお知らせください」

「うむ！　世話になったの。借りは必ず返す。どうかこの国を忘れんでくれ」

「もちろんです。お互いに協力して、良い世の中にしていきましょう」

ローグは皇帝と固く握手を交わし、次に神殿へと向かった。


「失礼、ミルナはいるかな？」

「あっ、ローグ様！」

神殿に訪れたローグの姿を見たミルナが駆け寄ってきた。

「ここに来たという事は、ムーランは……？」

「ああ、もう大丈夫だ。問題は全て解決した。なので、これからアースガルドへ戻ろうと思う。ミルナは本気でアースガルドに来る気はある？　来るなら一緒に連れていくけど」

「もちろん行きますよ！　本部に異動願いを申請したら即日受理されましたので、問題ありません！」

なんとも行動の早いミルナだった。

「そ、そうか。わかった、じゃあ俺達と一緒に行こう。今みんなはアンセム家にいるからさ、そこに合流しようか」

「はいっ！」

ローグはミルナを連れ、アンセム家へと帰ってきた。

「ただいま、ジュリア。みんな集まってる？」

「ええ。それより早く、ジュカが聖竜の気でボロボロになっていってるわ……」

「うっ…ロ、ローグ様……」

ジュカは聖竜の聖なる気を浴び続け、よれよれになっていた。

「……亜空間に入っていればいいのに」

「失念しておりましたわ……申し訳ございません、ローグ様」

「良いよ」

ジュカを亜空間に入れ、ローグはジュリアの両親に国に帰る旨を報告した。

「……というわけで、俺達はこれでアースガルドに戻ります」

「わかった。君は救国の英雄だな。ジュリア、この恩に報いるのだぞ？」

「はいっ！　今度は私がローグの力になるわ」

今度は家出ではない。ジュリアは正式に家を出る許可をもらったのだ。すると、ジュリアの父親であるダレンが言う。

「ああ、ジュリアよ。出来れば跡継ぎは早めに頼むぞ？」

「……へ？」

ジュリアが当惑していると、母親のソシアが続けて笑顔で告げる。

「二人の子供が楽しみだわ～」

「「そんな関係じゃない（わよ）！」」

ローグとジュリアの二人は、同時に突っ込むのだった。

「ほほほ、一人娘を旅に出すのですから、当然でしょう？　ジュリアが跡継ぎを作ってくれなければアンセム家は途絶えてしまいますわ」

ソシアの意見はもっともだが、ローグ達にそんな気は一切ない。

ダレンがまとめるように言う。

「まあ、何も相手はローグ殿でなくとも構わん。とにかく次に帰ってくる時は孫でも連れてこい、ジュリア」

「……絶対もう帰ってこないわ」

ジュリアが突っぱねると、そこをローグが取りなす。

「ま、まぁまぁ。もしまた何かありましたら、またその時は寄らせていただきますので。じゃあ、帰ろうか」

ローグは話をはぐらかし、アンセム家を後にした。

「じゃあアースガルドに戻ろうか。ほら、聖竜も……って呼びにくいな。名前でも付けるか。聖竜、何か希望はある？」
《神聖な名前なら、なんでも良いですわ》
「ふむ……なら、ルーチェでいいか？　意味はまぁ光とかそんな感じかな」
《ルーチェ、それが私の呼び方ね。わかりましたわ》
「よし、では転移するから、皆俺に掴まってくれ」
こうして、ムーランの危機を無事解決したローグは、アースガルドへ戻るのだった。

†

アースガルドに着き、各々動き出す。

「じゃあ、私達は部屋で宝物整理するね！」

「ああ、また後でな」

コロンとジュリアは古代遺跡で大量の宝を手に入れていた。あの嬉しそうな様子から察するに、かなり稼いできたのだろう、とローグは思った。

《ローグ、私達はみんなの所に行ってもいい？》

「ああ、聖竜をみんなに会わせてやってくれ」

《ほいほ～い。さ、姉さん行くわよ？》

《ええ。ではローグ様。また後ほど》

ローグは水竜に聖竜を任せた。そして聖竜が離れた事を確認してから、亜空間からジュカを呼び出す。

「お手間を取らせてしまい、申し訳ございませんでした……」

「いや、気にしないでいいよ。魔族に聖竜の気は辛いだろうしね」

そこに、ギルオネス帝国から帰ってきていたゾルグがやって来た。

「ローグ、戻ったか。ん？　そいつは誰だ？」

「ああ、ゾルグ。戻ってたんだね。紹介しよう。彼女は魔族のジュカだ」

「な、何っ！　魔族だと⁉」

魔族と聞き、ゾルグはすぐに剣を構える。自国が魔族の手により滅茶苦茶にされたゾルグは魔族を敵視していた。

「大丈夫だよ、ゾルグ。彼女はリューネみたいに悪い魔族じゃないんだ。魔王の復活にも興味ないみたいだしね」

「む……そうなのか？」

ゾルグは剣を仕舞い、戦闘態勢を解除する。

「うん。今は改心して仲間になったんだ。彼女の力は空間を操る事。あ、そうだジュカ。遺跡のモンスターを捕まえてるだろ？」

「え、えぇ」

「ゾルグにそいつらを倒させてやってくれ。ジュリア達と結構レベル差が開いちゃったと思うし」

「遺跡？　モンスター？　何を言っている？」

ローグはゾルグに経緯を簡単に話した。

「……なるほどな。ムーラン帝国にある砂漠の地下に古代遺跡があり、この魔族がそこのモンスターを亜空間内に確保していると。で、ローグは聖竜をも倒してきたと……今回もまた、ずいぶん濃い冒険だったんだな。ジュリアの親に会いにムーランに行ったんだと思っていたのだが……まさかムーラン帝国に竜までいたとはな……」

「そう言われると色々あったなぁ……ま、それは後で語るとして、ゾルグはしばらく戦いから離れてただろ？　モンスターはたんまりいるから、すこし鍛えてきなよ」

「ちなみに、今ローグはレベルいくつになった？」

「俺？　俺は800ちょいかな」

「は、800だと⁉　何故そんなに上がっている⁉」

「そりゃ、宝を集めるために遺跡を走り回ったり、聖竜を倒したりしたからね。そうだ、ムーランの皇帝曰く、俺の資産は世界を買える額はあるらしいよ」

「お、お前は……ふぅ、相変わらず何から何まで規格外だな……まぁ、いい。すぐに追いつく。ジュカとやら、俺をモンスターがいる場所に連れていけ」

ジュカは心配そうな顔をしてローグに言う。

「彼、一人で大丈夫でしょうか？　亜空間内にはとんでもない量のモンスターがいますけど……」

「大丈夫だろう。ヤバそうになったら、ゾルグだけ出してやるといいよ」

「わかりました」

「じゃあ、頑張ってねゾルグ」

「ああ。モンスターは俺が全て処理しておこう」

ローグとゾルグは拳をコツンと当て、笑い合った。次いでローグは、留守(るす)の間国に変わりはなかったか、フローラに聞きに向かった。

ゾルグがジュカに声を掛ける。

「さて、大量殲滅か。ならば、新しく開発した魔法など色々試してみるか」

「では、行きましょうか、ゾルグ様」

ゾルグはジュカの亜空間へと消えていった。

†

その頃、ムーラン帝国から連れてこられた聖竜は、他の属性竜達と会っていた。
《久しぶりね、みんな》
聖竜がそう言うと、その姿を見た土竜が口を開く。
《聖竜か、久しいな。お前まで仲間になるとはな。負けたのか？》
《ええ、負けたわ。完敗よ。まさか人種に負けるなんて思わなかったわ。竜魔法まで使ったのにね》
聖竜の発言に、竜達は驚いた。
《……竜魔法を使ったのか？　聖竜！》
《ええ。結局、覚えられて負けちゃったけど。何かまずかったかしら？》
水竜が呆れ返って言う。
《バカねぇ。負けるなら使わなきゃ良かったのに。これでまたローグは強くなったわね……もう勝てる竜、いないんじゃない？》
続いて、火竜が口を開く。
《あぁ。竜魔法は竜に対して絶大な威力を誇る。俺達は自分の属性魔法しか使えんが……ローグなら全ての属性を操れるようになったはず。バカな事をしたな、聖竜よ……》
聖竜が反論する。
《別にいいじゃない。こうして懐かしい顔にも会えたんだし。それに！　私のお陰でロー

グは竜化出来るようになったのよ？　番になるならもってこいの相手でしょ》
それを聞いて水竜が笑う。
《あはははは っ！　あれと一緒になるとか！　マジウケるんですけど〜。ぷぷぷ〜！》
《な、アンタはローグの竜化した姿をちゃんと見てないでしょ！　ちょっと待ってなさい！》
聖竜はローグを連れに向かった。
《ローグ〜！》
「ん？　どうした、ルーチェ？」
《みんながローグをバカにしてるの！　なんとかして〜！》
「あ？　どうせアクアだろ。にしても許せんな、死にかけた分際で……どれ、少し懲らしめてやるか」
《お願いね！》
ローグは聖竜と共に、竜達の所へと向かった。
さっそく責め立てるべく、ローグは竜達に声を掛ける。
「さて、話を聞こうじゃないか。そうだな、アース。まずはお前からだ。俺をバカにしてくれたんだって？　肉を減らすぞ？」
《ち、違うぞ主よ！　バカにしたのは聖竜の事であって、決して主の事では！　あ、主を

バカにしたのは水竜だけだ！》
《ちょ！　なな何言ってんの⁉　はっ倒すわよ⁉》
ローグは、慌てる水竜に向かって言う。
「そうか、やはりお前か。いい度胸だ。覚悟は良いか？　そろそろお前とは一戦交えねばと思っていたところだ」
震える水竜を見て、聖竜は笑う。
《うぇ～い、水竜ざまぁ～。私のローグをバカにするからこうなるのよ。ね、竜化して見せてあげてよローグ》
「竜化？　仕方ないな。【ドラゴンフォーム】！」
ローグは竜魔法で身体を竜に変え、力を少しだけ解放する。
《ぬ、ぬぉぉぉぉっ‼　は、弾かれるっ‼》
《す、凄い力だっ！　と、飛ばされるっ‼》
《ちょ‼　待って‼　死ぬっ⁉　それ、私死んじゃうやつ‼》
土竜、火竜、水竜が声を上げた。
《大丈夫だ。瀕死に留めてやる。誰が主か、その酒でイカれた頭に叩き込んでやろう。さあ、来るがいい》
ローグはさらに力を上げる。

　そのあまりの力で、ローグの身体は飛んでもいないのに宙に浮いていた。大気は震え、周囲の小石は破裂(はれつ)している。
《ご、ごごごめんなさ～い‼　もうバカにしないからゆ、許してぇぇえっ‼》
《大丈夫だ。軽く麻痺させる程度で許してやる。竜魔法【ヘヴィーメタルサンダー】》
《うにゃぁぁぁぁあっ！！！》
　雷に打たれた水竜は、痺(しび)れて伸びてしまった。
《あ……が……が……あばばば……》
　その光景を見て、火竜は真剣な表情で言う。
《……あれは雷竜の竜魔法だ。どうやら本当に全ての竜魔法が使えるようだな。これでわかった。もうローグに勝てる竜はおらんな……》
《ふふ～ん。ね、格好いいでしょ？　これが私の未来の夫よ！》
　自分を妻と言い切る聖竜に、ローグが突っ込む。
《誰が夫だ。ところであと残っている竜は……光、闇、氷、雷、邪、無、全だったか。あ、聖竜のルーチェって名前、光って意味なんだよな。変えようか？》
《イヤ。私はルーチェ！　光竜には悪いけど、この名前は譲(ゆず)れないわ！》
《そ、そうか。で、なんだっけ？　もう俺に勝てる竜がいないんだっけ？　火竜？》
《あ、あぁ。ローグは反属性で竜を攻撃出来るだろう？　それに竜魔法が使えるとなれば、

誰も敵うまい》
《ん？　無と全がいるだろ？　無にはどれも効果が薄いし、全は同じく全属性が使えるんじゃないの？》
《確かにいるがな……残る竜を倒す事で、ローグの力はさらに増すはずだ。無や全と戦う頃には、世界に並ぶ者がおらんくらいには強くなっているだろう。それこそ、スキルなしでも勝てるくらいにな》
　確かにローグは、竜を倒す事で爆発的にレベルを上げてきた。
　だがそれだけで、竜達の長に勝てるものなのだろうか。少し甘く見すぎではないか。ローグはそう考えていた。
　そんなローグに、土竜が言う。
《主よ、いずれにせよ、無と全は竜界にいる。そこに行くには他の竜、つまり残る雷、氷、邪、闇、光竜、その全ての協力が必要なのだ。わかるな？　うっかりでも殺したら行けなくなる。くれぐれも頼むぞ？》
《え？　この世界にはいないの？　これまた面倒な……しかも竜界ってどこだよ……》
　その疑問に、麻痺が解けた水竜が答える。
《竜界は魔界と同じく、この次元とは違う次元にあるわ。私達は何もない竜界がイヤで、次元の裂け目からこっちに出てきたのよ。もう千年以上前の話だけどね》

《へ～……なら、無と全が出てきて、他の竜を連れ戻すとかはないのか？》
《あの二体は出られないのよ、力が強すぎてね。二人がこの世界に出てきたら、次元が歪むとか色々影響が出ちゃうの。知恵も力も私達とは比べ物にならないほどよ》
それは関わらない方が良いのでは……ローグはそう思った。
《まぁ、我らの父と母だからな。聖竜、もし番になるなら、ちゃんと報告しに行けよ？》
火竜がそう言うと、聖竜が声を上げる。
《イヤよ！　あんな場所に行くなんて！　私だってもう大人だし？　相手は自分で決めるわ！　見てよ、この凛々しい姿。神竜よ神竜！》
《まぁ、確かに思わず平伏しそうになるが……》
火竜はローグに視線を向ける。ローグは首を傾げつつ聖竜に尋ねる。
《竜化しても元は人種なんだけどね。番ってなれるものなのか？》
《さぁ……前例がないし、わからないわね》
そんな会話をしているローグに、水竜はそっと近付くと口づけをした。
《ちょっ!?　水竜!!　私の夫に何してんのよ!!》
《ふん！　なら、私が前例になるんだから。聖竜は引っ込んでなさいよ。ローグだって私の方が良いでしょ？　ね？》
《いや、間に合ってます》

《は、はぁ⁉　この私が番になってあげるって言ってんのよ⁉　嬉しいでしょ？　強がりはやめて素直になりなさいよ⁉》
《いえ、結構です。前世から出直してきてください、やがれ》
《ぐっ！　ぐぐぐっ！　お～の～れぇぇぇっ！》
《や～い、フラれてやんの～。水竜だっさ～》
《よ～し、決闘よ！　聖竜。あなたを倒してローグは私がもらうわ！》
《ふ～ん、今まで一度も私に勝った事がないくせに？　いいわ、久しぶりに相手してあげましょう！　来なさい水竜！》
ローグは争う聖竜と水竜を見て呆れつつ、竜化を解いて地面に座った。
ローグに土竜が話し掛ける。
《主よ、止めんで良いのか？》
「ああ。あれも良い訓練になるからな。死なない程度なら問題ないだろう」
《ふぅ……奴らにも困ったものだ……》
ローグは二人の真剣な戦いを楽しそうに見るのだった。

第四章　雷竜と水竜

ローグ達がムーラン帝国から帰還した翌日。

ローグは仲間全員を集め、これからの指示を出す事にした。まずゾルグに声を掛ける。

「ゾルグ、ジュカの空間内の敵は？」

「当然、殲滅済みだ。宝箱からアイテムが大量に手に入ったが、あれらはどうしたら良い？」

「ああ、それはゾルグの好きにして良いよ。ま、臨時ボーナスって事で」

「ふむ。では、ありがたくいただいておくとしよう」

次にローグは、世界樹の地下迷宮で共闘したエルフ達の方に顔を向ける。彼女達は全員故郷に許可をもらい、アースガルドに来ていた。

「え～と、あの時はどうも。いつこっちに来たんだい？」

「はい、数日前に到着いたしました。これからはこちらでお世話になります。それと、ローグ様の母上より、伝言があります」

ウィズはこっちに来てからローグの母親であるフレアからの手紙を受け取ったらしい。

ローグは尋ねる。

「ん？　なんだろ」

「はい、では……《ローグ、あなたのお陰で無事、女王になれました。これからの事を相談したいので、時間が空(あ)いたら一度エルフの国に顔を出しに来てね？　待ってます》……だそうです」

「そうか、無事女王になる修業を終えたか。良かった」

ローグは安堵(あんど)しつつも、すぐにウィズに問う。

「で、その相談については何か聞いてない？　話ぶりからして緊急ではないと思うけど……」

「いえ、詳しくは何も。それで、私達はこれから何をすればよろしいでしょうか？」

ローグはしばらく悩んだ末に、その場にいたエルフのロワに一任する事にした。

「そうだな。とりあえず、ロワに付いてもらおうかな。仕事は、街の巡回(じゅんかい)と国周辺の魔物討伐だ。頼めるかな？」

「はいっ！　了解しましたっ！」

ウィズが元気良く返事すると、ロワが笑みを浮かべて言う。

「むふ～。ロワが隊長！　バシバシ鍛える！」

「ふふっ、よろしくね、ロワ」

ロワ達はさっそく訓練所へ向かっていった。

それを見送った後、ローグはフローラに声を掛ける。

「さて、じゃあ次はフローラだ。俺が国を空けていた間、同盟国に何か変わりはなかったかな？」

「はい、特に変わりありません。ですが、相談したい案件が一つあります」

「ん？　何かあったの？」

「はい。実は数日前に商会の者が現れ、同盟内での流通に携わりたいとの事でした」

「商会？　それはどこのなんて商会？」

「はい。ザルツ王国に本部がある、ザリック商会です」

ローグは過去に、その商会と縁があった。

オークに攫われていた商会の娘を助けたり、さらにはギルオネス帝国から逃げていたザリック商会の商人を救ったりした事もあったのだ。

「なるほど、あそこか。ふむふむ……ここに商会本部を移す気があるなら、応じると言っておいてくれ。それと、暴利を貪るようなら、知り合いでも遠慮なく排除するともね」

「はい。では、そのように」

次にローグはミルナを見る。

「えっと、ミルナ。アースガルドに神殿を作ると言っていたが予算は？　それと、神殿は誰が作るの？」

「はい。通常、神殿は神を街に迎えるために、街の長が建てるもの。なので、建設はローグ様にお願いしたいです。管理は神官が行います」

「なんっ……まぁ仕方ないか。なら、作るのはあの創造神様の家だな。わかった、後で作りに行こう。それまで少し待っていてくれ」

「はいっ！」

　これで集めた者達には大体指示を終えた。ローグは周囲を見渡す。

「後は何かあるかな？　ないなら、俺から今後について話すが」

　誰も何もないようなので、ローグは話を進める。

「ではまず、今後の予定についてだ。俺はこの後、ムーラン帝国とワーグナー王国の境（さかい）にある霊峰レイグルに向かう。ムーラン帝国の皇帝によると、霊峰に雷が頻繁（ひんぱん）に発生しているらしいんだ。雷竜がいると思うから、早急に向かう必要がある。被害が山にまで広がったら、森林火災が起こる可能性があるからな。アース、俺について来てくれ。ムーランから霊峰の山頂まで一気に飛んでいこう」

《うむ、雷竜に耐性があるのは我だからな。久しぶりに主と戦いに行けるな。主がどれだけ強くなったか見るのが楽しみだ》

「ははっ、驚くなよ？　じゃあみんな、後は各々指示通りに頼む。アース行こうか」
《うむ》
　国に戻ったにもかかわらず、すぐさま国を空ける事になったローグ。だが、今回は急を要するためすぐに向かわなければならない、なんとも忙しいローグなのだった。

†

　ローグは土竜を伴い、ムーラン帝国にある古代遺跡上空に転移した。ナイルに飛ぶよりこちらの方が霊峰レイグルに近いためだ。
「さて、あの遠くに見えるのが霊峰レイグルだな。アース、乗せてってくれないか？」
《うん？　竜化して行けば良いではないか？》
「目立つだろ……誰かに見られたら大変だ」
《くはは。確かに。あれは目立つ。では、乗るが良い》
　アースの背に乗ったローグは、レイグル山頂へ向かって飛んでいく。
「こんなに離れているのに、雷光が凄いな……」
《ふっ……奴め。どうやらノリノリなようだな》
「う……ん？　アース、なんでああなっているのかわかるのか？」

《うむ、あれは雷竜が天に向かってシャウトしておるのだよ。奴は無類の歌好きでな、たまにああして歌っておるのだ》
「あ、あの雷の嵐が歌⁉ な、なんてはた迷惑な……」
《しかも奴は自前の楽器を巧みに操っていてな、それがまた上手いのだ。何やら気分が上がるとか、そんな効果があるそうだ》
「吟遊詩人か？ 竜なのに？ おっと、だいぶ雷が近付いてきたな。アース、一旦地上に降りよう。雷の数が異常だ。このまま行ったら黒焦げになる！」
《我には効かんのだがな。わかった、降りよう》
霊峰レイグルの中腹に降り立ったローグ達は、そのまま徒歩で山頂を目指す。周囲には、雷に打ち落とされたのだろう、黒焦げになったワイバーンが転がっていた。
「凄いな。この辺は黒焦げのモンスターだらけだ。やはりこのまま範囲が広がるとまずいぞ。アース、少し急ごう」
ローグは雷を避けつつ、全速力で山頂を目指す。土竜は雷を受けてもノーダメージらしく、そのまま真っ直ぐ飛んだ。
「俺は躱してるってのに……ズルいぞ、アース」
《くははは。我には耐性があるからな。土に雷は効かんのだ》
雷をくらっても平然としている土竜を羨ましく思うローグだった。

そうして駆ける事、一時間。ローグ達は山頂にたどり着いた。そこで、ローグは異様な光景を目の当たりにする。

湖上中央にある陸地で、雷竜がギターを掻き鳴らして頭を振り回しているのだ。

「りゅ、竜が……ヘッドバンギングしている……⁉　な、なんだアレはっ……⁉」

山頂周囲には雷が落ち、ギターの爆音が鳴り響いている。雷竜はそのメタリックな身体を揺らしながら、楽しそうに歌って暴れていた。

「どうしよう……ちょっとアレには近寄りたくないな……」

ローグは諦めて帰ろうかと真剣に悩んだが、土竜はそんなローグの事など気にも留めず、雷竜へ近付いていく。土竜が雷竜に声を掛ける。

《雷竜ぅぅぅっ‼》

《あん⁉》

いきなり名前を呼ばれた雷竜は演奏を止め、後ろを振り返った。

《お……おぉぉぉぉっブラザー‼　生きてたんかよっ‼　すっげぇ久しぶりじゃんか！来たんなら一緒にジャムろうぜ⁉》

雷竜は懐かしい顔を見て破顔（はがん）し、ギターを掻き鳴らした。

《それはまた後だ。今日はお前に用があって来たのだ》

《用？　なんだい、ブラザー？》
　土竜は来訪した理由を伝える。
《お前がそこで歌うとな、雷が止まずにこの山が大変な事になるそうだ。続きは我が主から聞いてくれ》
　そう言い、土竜はローグを指差す。
「そこで俺に振るかよ……」
《あぁ？　主だぁ？　ブラザー、まさか人間に負けたん？》
《あぁ。腹に風穴が空いたわ。こ奴はローグ、我の他にも火竜、風竜、水竜、そして最近聖竜までもが敗れている。今は皆一緒にいるぞ？》
《はぁぁ⁉　マジかよ！　みんなってか、聖竜まで負けたん⁉》
《うむ》
　雷竜はローグを見る。
《はぁ？　こんな奴になぁ……ん？　んん？　おい人間、お前……もしかしてギター弾けるな⁉》
「ん？　あぁ、まぁ。それが何か？」
　ローグを見ただけで演奏が出来る事を見抜いた雷竜はニヤリと笑う。
《俺はなぁ、戦いより歌が好きなんだ。もう、生き様ってやつ？　だからよ、勝負しよう

ぜ？》
《勝負？　何で？　まさかギターでとか言わないよな？》
《そのまさかよ！　ブラザーのドラムがあればもっと良かったんだが……ま、ないものはしゃあないわな》
ローグは土竜に聞く。
「アース、お前……リズム隊だったのかよ……」
《うむ。雷竜に言われて始めたのだ。この地に降りてからは叩いてないが、ドラム歴は八百年だ。ちなみにベースは氷竜だ》
「お前ら……バンドでもやってたのか？」
《お？　その言葉が出るって事は、まさか異世界人か？》
「いや、俺は異世界の知識があるだけだ。っていうか、異世界人と会った事があるのか？」
《おう。こいつともそん時に出会ったのよ》
そう言い、雷竜はギターを掲げて見せる。
「ギター勝負ねぇ……ドラムがあればいいのか？」
《あん？　まぁ、あった方がノれるな。ブラザーのドラムはマジヤベェからよ》
ローグは雷竜の意図を汲み、【万物創造】を使って土竜の前にドラムセットを作り出す。
「こんな感じか？　一応ツーバスにしてみたが……アース少し叩いてみなよ？」

《ふむ、ほうほう……》

土竜は椅子に腰掛け、スティックをくるくると回して握った。さっそく演奏を始める。

タムタム……ドドドドドッ、ッダン、ッダン！ シャンシャンシャン。

《おぉ！ かなり使いやすいぞ！ これは良い！》

久しぶりの土竜のドラムを聞いて、雷竜は興奮し出した。

《おっほぉぉぉぉっ‼ スゲェ！ 土竜、お前の主スゲェな⁉》

《そうだろう、そうだろう。少し慣らす間に、お前らは楽器の準備でもしておくといい》

《俺ならいつでもイケるぜ！》

しかし、ローグはまだギターを持っていない。

「エレキギターか。仕方ないな、今作るからちょっと待ってくれる？」

ローグは異世界の知識から、ギターのデザインを想像し、再び【万物創造】を使う。すると、ローグの前で光が形を成し、やがてギターの型となって現れた。

「待たせたな。俺はこいつを使わせてもらう」

ローグが作り出したギター、それはなんとも派手な形をしていた。

《な、何ぃぃぃぃぃぃっ⁉ りゅ、竜の形を模したギターだとっ⁉ しかもそれ……七弦あるじゃねぇか！》

「九弦にしようかとも思ったけどね。バトルなら七弦でも良いだろう。低音域を広げたかったから七弦にしてみたんだけど」

雷竜はローグのギターを羨ましそうに指を咥えて眺める。

《ぐぬぬ……！　ファンキーなギターを作りやがって！　だが、ギターはテクニックだ！　土竜！　そろそろ準備は良いか⁉》

土竜は椅子に座りながら、位置を微調整した。どうやら自分の好みのボディションがあるらしい。

《すまん、もう少し掛かる。ローグよ、アンプは良いのか？》

「すでにあるよ。サウンドボックスもな」

ローグの後ろには、巨大な真空管製のアンプが用意されていた。そして足元には、様々な音色を作り出すためのエフェクターが、箱に詰まった状態でびっしりと並んでいる。

《ぐおぉ……！　か、金にモノを言わせやがって‼》

実際金は掛かっていないが、日本でこれだけ用意しようとすると結構な金が飛ぶ。機材はとにかく金が掛かるものなのである。

「さて、ちょっと試し弾きでもしよっかな～」

ローグは電源を入れ、チューニングを始める。そして、流れるような指の動きでネックの上をタップしていく。

《う、上手い⁉　い、いやいや……ま、負けてないよな？》

雷竜はその様子をまじまじと見ていた。

「よし、どうやら問題はなさそうだ。雷竜、ここら一帯に結界を張ったから好きに弾いて良いよ？　お互いに力の限りを尽くそうじゃないか」

《ふぅ～……よし！　俺はギタリストとして、絶対お前に勝つ！　そして……俺が勝った暁には、俺専用のギターを作らせてやるぜぇっ！》

（……あれ？　そんな勝負だったっけ？　まぁいいや）

ローグが雷竜の出した言葉に頷き、お互いが納得する条件が整った。雷竜が勝てば専用ギター、ローグが勝てば雷竜は霊峰レイグルでの演奏を止め、仲間に加わる。

二人は土竜のセッティングが決まるのを待つ。

《よし、オーケーだ二人とも。いつでも演れるぞ》

土竜はスティックをくるくると回しながら、バスドラをドムドムと鳴らしてみせた。全員の準備が完了したところで、ローグは改めてルールを確認する。

「勝負方法は、アースのテンポに合わせ、先攻が先に演奏する。後攻はそれを真似るか、上回る演奏をする。ジャッジは自分自身。完全に負けたと思ったら勝負終了だ。良いか？」

《オーケー。先攻後攻はどうやって決める？》

「コイントスでいいだろう。どっちにする？」

ローグはコインを高々と上げ、手の甲で受ける。

《……表だ》

「じゃあ、俺は裏だな。いくぞ……？」

コインは表を示していた。

「表だな。さぁ、雷竜、どっちからいく？」

《もちろん、俺からだ。真似出来るもんならやってみやがれ！　土竜、始めてくれ》

《うむ、では始めようか》

土竜はドラムを叩き始めた。最初はシンプルにロック調で叩いている。

《サービスか？　いくぜ！》

雷竜はドラムに合わせ、巧みにギターを掻き鳴らしていく。低音から入り、滑るように運ばれる指は見事だった。

《どうよっ！　お前にこれが真似出来るか！》

「さすがだな。では、こちらもいこうか」

ローグはそう言うと、雷竜と同じように指を運んでいく。だが、途中にビブラートを入れるなど、憎らしいアレンジを加える。

《ぐ……ぬ！　やるじゃねーか！　土竜、次だ！　チンタラ演るのは性に合わねえ！　いつものハイスピードメタルでいこうや！》

《ん？　ローグ、これは良いのか？　指定が入ったぞ？》

土竜が尋ねると、ローグは笑みを浮かべて答える。
「ははは、構わないよ。好きにやってやれ」
《後悔すんなよ！　土竜、頼むぜ！》
《ふぅ……最早勝負の行方は見えたかな。では、おぉぉぉぉっ‼》
雷竜に促され、土竜のドラムが一気に加速する。ロック調だったドラムは、ヘヴィなメタル調へと変化した。
《これよこれ！　いくぜ～っ！》
自分が最も得意とする曲調に、雷竜は派手に手を動かし、ピックスクラッチからオルタネイトピッキング、そこからタッピングへと繋げていく。
雷竜の指は物凄い速さで指板上を走り、「これがメタルだ！」と言わんばかりの迫力ある演奏だった。
長年組んだ土竜の超絶技巧ドラムが合わさり、音楽は最高潮に盛り上がる。
《ど～よっ！　これがヘヴィメタルだぜ！　イェアアアアアアアッ！》
そこへ、ローグが割り込む。
「そんなスピードで満足か、雷竜っ！　これを真似出来たらお前の勝ちでいいぜ！　いくぞっ！」
ローグはそう叫ぶと、雷竜と同様に指を運ぶ。

だが、彼のその動きは雷竜よりもさらに速い。それだけではなく、奏でられる音はメロディアスで、聴く者が震え上がるような音色だった。土竜もテンションを上げていく。
雷竜は演奏しながらも唖然としていた。
《マ、マジ……かよ⁉》
「これで、終わりだっ！」
ローグは、最後にダウンピッキングで弦を掻き鳴らした。それと同時に、ローグの持つドラゴンギターの先端から炎が出る。
「これがメタルファイアーだ‼　俺の勝ちだ、雷竜っ！」
《こ、こりゃあ……無理だっ！　俺じゃそこまでスピードが出ねえっ！　……くそぉぉおっ！》
雷竜はテクニックでもパフォーマンスでも敗北し、地面を叩いて悔しがる。土竜がそんな雷竜に声を掛ける。
《だな。雷竜、おしかったな》
「だが、良い勝負だったよ、雷竜。ついでだし、ジャムろうか？」
ローグの提案に、雷竜は立ち上がってノッてくる。
《くっははは！　オーケー、合わせてやるよ！》
それから三人は日が暮れるまで音楽を楽しんだ。その音はまるで長年組んできたバンド

のように噛み合い、一つになっていた。
　そして、すっかり日が落ちた頃。
　三人は湖の畔でバーベキューを楽しんでいた。
《はぐはぐはぐっ！　久しぶりに叩いたら腹が減ってかなわん！　はぐはぐはぐっ！》
《かははっ！　でも……楽しかったなぁ。勝負には負けたが、満足だ。あんた……すげぇな！》
　肉を口に含んだまま話す土竜に続いて、雷竜が嬉しそうに言った。
　ローグが雷竜に応える。
「まぁ、昔から楽器はやっていたからなぁ。神から知識をもらってからギターを始めたんだが、表現の幅がかなり広がってな。以来、すっかりギターの虜さ」
《わかるわかる。ギターって自分を表現するのに最適な楽器だよなぁ》
《むぐ？　ドラムも負けんぞ？　よく地味だ地味だと言われるがな。ドラムだって色々な叩き方があるし、人によって全然違うからな？》
「アースのドラムってパワフルだよな？　バラードもいけるのか？」
《もちろんだ。それはもうミッチリ練習したからの。なんでもイケるぞ》
　ローグと土竜の会話を聞き、雷竜が問う。

《なぁ、さっきから気になってたんだがよ、アースってなんだ？》
《おお、アースとは我の名だ。ローグに付けてもらったのよ、仲間の証としてな》
自慢げに言う土竜に嫉妬し、雷竜がローグにお願いする。
《なにぃ！　ローグ、俺にも付けてくれよ！　格好いいやつを頼むぜ！》
「それは、仲間になるって意味か？」
《おうよ、俺らならバンドで世界を獲れるぜ！》
（この世界にバンドってあるのか？　まぁ、いいや。名前、名前……う～む……）
ローグは悩んだ末に、雷竜にこの名を与えた。
「そうだな、クリスでどうだ？」
《クリス？　何か意味があるのか？》
「あるかと聞かれたらあまりないかもね。異世界の知識の中でな、クリスというギタリストを知ったんだ。ちょっと弾いてみせるから、聴いてくれ」
ローグはギターを構え、異世界のヘヴィメタルをコピーして聴かせた。
《う、上手ぇぇぇぇっ⁉》
「だろ？　俺が好きなギタリストの一人だ。その名をお前に与えたい。どうだ？」
雷竜はクリスという名を気に入り、今しがたローグの弾いたフレーズをコピーし始めた。
《よ～し、やる気出た。今から俺はクリスだ！》

そんな雷竜に土竜が冷たく言う。
《単純だな……雷竜よ。はぐっはぐっ！》
《うっせ》
それから三人は夜更けまで音楽について語り合うのだった。

†

音楽という珍しい戦いであったが、ローグは無事に雷竜を仲間にし、アースガルドへ戻った。雷竜の姿を見つけた竜達が一斉に集まってくる。
火竜が雷竜に言う。
《雷竜！　まさかお前まで負けたのか！》
《あぁ、負けたわ。ギター勝負だったけどな？　土竜のドラムも久しぶりに聞けたし、まぁ満足してるゼ》
《お前がギターで負けるなんてなぁ……さすがはローグだな》
テンションが上がっている雷竜は、他の竜をバンドに誘う。
《んでさぁ、久しぶりにまたバンドやらね？　土竜に火竜もいるんだしよ？　今さら戦いとかやってらんねぇって、ナ？》

火竜は呆れつつ答える。

《メンバーが足りんよ。ベースもシンセもボーカルもおらんではないか。いずれやるとしても、今はまだ無理だろう？》

《だったらさ！　探しに行こうぜ！　とりあえず氷竜は白の大地のどっかにいる……と思うんだよなぁ。な、ローグ！　氷竜も仲間にしに行こうぜ？》

雷竜の提案にローグは頷く。

「大体の場所がわかってるなら良いよ。どうせ全員迎えるつもりだったし。じゃあ先に細々した事を片付けてから向かうから、火竜のバーンと雷竜のクリスはその白の大地に向かう用意をしておいてくれ」

《オーケー！　楽しみだぜ！》

《氷竜か、久しいな。アイツ、元気にしてるのだろうか……》

ローグは竜達に食事を渡した後、ミルナの所へ向かった。

「ミルナ、今いいか？」

「はい？　どうしました？」

「今から街に神殿を作りに行く。ついて来てくれ」

「あ、はい！　今行きます！」

ローグはミルナを伴い、街に行くのだった。

「場所はどの辺が良い？」

「そうですね、この街には孤児院があるとか。出来ればその近く、さらに言うなら隣が望ましいですね」

「孤児院の近くに建てるのには、何か理由が？」

「はい、本来、孤児の面倒を見る役割は神殿にあるのです。しかし、この街にはすでに孤児院がありますので、神殿としてはそれを見守る形を採りたいのですが……如何でしょうか？」

「それはありがたいな。ぜひ頼らせてもらおう。その代わりと言ってはなんだが、神殿に関して何か希望があれば、聞こう」

ローグがそう問うと、ミルナは要望を告げる。

「神殿は大勢の信者が集まれる場所にしたいので、少し広めに、テーブルと長椅子を。それと、あ、イメージ画を描いてましたので、見ます？」

「それは助かる。どれどれ……ふむふむ、ナイルの神殿に近いな。で、この愛の巣というのは何？」

「あはは、いやですわぁ。私達が暮らす部屋ではないですか。内装はアナタにお任せいたしますので……あ、そうだ！　将来のために子供部屋も作って……」

「ちょっと待て。俺はミルナとそんな関係になった覚えはないし、なるつもりもないぞ⁉」

「そ、そんな……！　冗談……ですよね？　やだなぁもう、私をからかって……」

「本気だ」

ミルナの顔に暗い陰が下りる。

「ふ、ふふふ……ダメです。ローグ様は私の夫になるべきなのです。二人で神様を奉りましょう？　そして……子供が出来たら神官にして、未来永劫神を崇めるのです……！」

「ミ、ミルナ……？」

ミルナの異様な雰囲気に、ローグは後退る。

そこへ、創造神から啓示が下りてきた。

《いいんじゃない？　彼女、神を信じる心は本物みたいだし。僕がちょちょいと破邪魔法を授けてあげるよ。きっと君の助けになるはずさ。じゃあね～》

「ま、待っ……！」

ローグが戸惑っていると、突如ミルナが光に包まれた。

「こ、この力は……⁉　あぁ、これは神も祝福してくれたのですね！　ローグ様！　これはもう結婚するしか……！」

「おぉぉぉぉぉっ⁉　き、【記憶操作】‼」

「え？」

　ローグはミルナの記憶を操り、結婚云々言い出す前までリセットした。そして、記憶が混濁している間に、ササッとイメージ画から愛の巣を消し去った。

「あ、あれ？　私は何を？」

「ああ、良かった。気が付いたんだね」

「え？　え？？？」

「どうやら俺が近くで強い力を使いすぎたみたいでさ。ミルナはそれに当てられちゃったみたいなんだ」

「強い力？」

「うん。ほら、目の前」

　ローグはミルナのイメージ通りの神殿を作り出していた。もちろん、愛の巣とやらは完璧にスルーしておいた。

「じゃあミルナ、中に入っておかしい所がないか確認してくれる？　もしあったら後で直すからさ。それと他に希望があれば、一緒に紙に書いてまとめておいてくれると助かる」

「あ、はい！　確認しておきますね！」

「あ、ああ。じゃあ俺は街に向かうからまたね！」

　ローグは神殿から逃げるように去り、街へ向かった。

「はぁ……愛が重い……さて、街を見るのも久しぶりだな。何か変わりはないかな……っと」

ローグは街を見て回る事にした。

アースガルド建国当初に比べるとだいぶ住民も増えているようだった。そんな街中に、見慣れない商会が出来ている。

「ザリック商会……本店？　本当に来たのか。少し顔を出すか」

ローグは商会の入り口を潜った。

「いらっしゃいませ～」

「ランドル会長はいるかな？　俺はアースガルド王のローグという者だが、もしいるなら取り次ぎを頼みたい」

「アースガルド王!?　しょ、少々お待ちくださいっ！」

ローグの姿を見た受付の男は急ぎ二階へと走っていった。ローグが少し待つと、二階から会長のランドルとその娘のリリスが下りてくる。

「おおっ、ローグ殿！　久しいですな！」

「ローグ！　会いたかったわぁ～っ！」

リリスはローグに抱きつこうとしてくる。ローグがリリスをオークから助けて以来、彼女はローグに懐いていた。

だが、ローグはリリスの抱擁(ほうよう)を華麗(かれい)に躱して、冷静に言う。

「リリスは相変わらずだな。ランドル殿、今回は本店を移動させてしまってすまなかった」

「いえいえ。同盟内で商売するなら、本店は移した方が良いと、私も以前から思っておってな。この街は商品になりそうな物がたっぷりあるので、腕が鳴るぞ。差し当たりまずは、ドワーフ達が作った魔導具を同盟内に広めようかと。さらに将来的には、この街に観光客を呼べれば……と考えておるのだ。そこで、ローグ殿に頼みがあるのだが……」

「何か？」

ローグに問われ、ランドルは熱く語り出す。

「このアースガルドには、観光客を呼び込むための観光資源が少ない。ローグ殿、何か観光の目玉になるような物を作る気はないかね？」

ローグは渋(しぶ)い表情を浮かべる。

「う～ん……悪いが、俺はこの街に観光客を入れるのは反対だ。人が増えれば、また新たな問題も増える。なので作るとしても、観光区画を別の場所に整備するからさ、少しだけ考える時間をくれる？　仲間達や住民の意見も聞きたいからね」

「ふむ……まぁ観光資源が増えるなら、どこでも大丈夫だろう。それと、もし観光区画を作るなら宿泊施設も建てた方が良いな。泊まりで観光してもらえれば、収入も増えるしの」

「わかった。それも考えておくよ」

ローグはランドルのその提案を一旦保留し、商品の流通のみを請け負ってもらう事にした。

「じゃあ、しばらくは商品の取引だけ頼むよ」

「うむ。任せてくれ。いつでもこの本店に来てくれて構わぬよ、ローグ殿。娘も喜ぶだろうしな」

ローグは曖昧に返答しつつ、改めてランドルの提案について考える。

（観光かぁ。その考えは頭になかったな。俺はただ単純に、不幸な民を救う事だけを考えていた……さすがは商人、商売のプロは目の付けどころが違うな。民を幸福にするためには、少々の娯楽は必要になる……か。だが、やりすぎてもなぁ……これはちょっとみんなと相談だな）

その後ローグは城に戻り、会議室に全関係者を集めた。ちなみに、今回の件の発案者であるランドルも呼んである。

そして皆に質問する。

「さて、皆を集めたのは他でもない。そこにいるザリック商会会長のランドルから、この街を観光地にして人を集めてはどうか、と進言があったからだ。これについて皆の意見を聞きたい。反対多数の場合はこれまで通りとする。挙手をして意見を述べてくれ」

バレンシアが手を挙げる。

「私は反対です。この街はまだ出来たばかり。わざわざ自然を破壊し、外から人を呼び込む必要性はないと思いますわ。それに人が集まるという事は、治安の悪化に繋がります。現在は治安維持に回せる人員が少なく、時期尚早かと」

もっともな意見だと、ローグも考えた。皆、バレンシアの意見に頷いている。

そこへ、ランドルが反撃する。

「何も自然を破壊しようとは思っていませんよ。私が理想とするのは、人々がこの街を訪れ、未知の文化に触れてもらう事。そして、それを世界に広める事なのです。そうですね、例えば神和国には温泉という……」

「あぁ、皆で入るデカい風呂の事か。美容にも良いとか、病にも効くとかそんな感じだったよな？」

「え、ええ。よくご存知で。博識ですな！」

ローグとランドルの会話を聞いて、女性陣の耳がピクリと反応する。

「しかし、温泉は火山地帯でないと出ないのではないか？」

「そうなんですよね。出るとしたら、ローカルム王国が一番可能性が高いです」

ランドルがそう言うと、皆はがっくりと肩を落とした。

ローグはランドルに告げる。

「ま、今はまだ観光は考えなくても良いだろう。必要になったら考えるさ。すまんな」

「いえ、ならばせめてこの街で売っているスイーツを広めましょう。私も少し頂きましたが、あれは流行(はや)りますぞ！」

ランドルがテンション高く言うと、ローグを軽く首を横に振る。

「あれな、持ち運びにあまり適さないんだよ。焼き菓子くらいならなんとかなるけど、クリーム系はダメだ。味がすぐに落ちてしまうからね。やはり直接来て食べてもらわないと」

「そうですか、では残念ですが、宣伝だけで留めておくとしましょう」

「ああ。そうしてもらえると助かる。何をするにも、まだこの国には人が足りないんだ。出来ればランドルには商売で回った先で、有能な人物がいたらスカウトして来てほしいくらいだよ」

愚痴るように言うローグに、ランドルは尋ねる。

「例えば？」

「ん～……街を警備(けいび)出来る人材。後は、何かに秀でたスキルの所有者とかかな」

「ふむふむ、わかりました。各地で情報を集めてみましょう」

　こうしてローグはランドルにスカウトを頼み、観光地化を見送ったのだった。

†

　ランドルが帰った後、ローグは皆にこれからの予定を告げる事にした。

「皆、聞いてくれ。今後やらなければいけない事は二つ。一つ目は、氷竜を仲間にする事だ。これには俺と火竜、雷竜で向かう。二つ目は、ワーグナー王国で頻発している辻斬りの調査。これにはジュカ、ゾルグ、風竜で行ってもらう。その間に、ジュリア、コロン、ミラと……聖竜も付けるか、君達には、古代迷宮でウィズ達の訓練を頼みたい。先輩として面倒を見てやってくれ。最後に、フローラ、冒険者ギルドの件はどうなっている？　問題ないか？」

　ローグに問われ、フローラは答える。

「はい。特に問題はなく、すでに稼働しています」

「そうか。ギルドの他には何かないかな？」

「はい、大丈夫です」

「うん、じゃあ引き続き頼むよ。この二つが片付いたら、しばらくは時間も出来るだろうからさ」

「はいっ！」

　次に、ローグは、城下町の行政を任せているクレアに問い掛ける。

「クレア、街では何もないかな？」

「ふぁ……あぁ、ごめんごめん。ずっと忙しくてね。住民がどんどん増えているのよ……住民一人一人の情報を登録してるからさ……」

　クレアはかなり眠そうだった。

「そうか、大変そうだな、町長も。何か手伝える事はあるか？」

「ん～……なら、後で町長室に来て……そろそろヤバいのよねぇ……ぐぅ……」

　仕事が大変な事になっており、あまり寝ていないのだろう。クレアは話しながら寝そうになっていた。

「……寝るなら帰ってからにしなよ。さて、他には誰か何かないか？　ないなら先ほどの指示通りに。ジュカはゾルグ達を頼むぞ？　もし辻斬りの犯人が魔族だった場合は説得、可能なら仲間にしてきてくれ」

「はい、わかりました」

「よし、では解散！」

　こうして各々、散っていった。

ローグはクレアを背負い、街にある町長室へ転移した。

「うおぉぉぉぉぉっ⁉」

やって来た先が腐海（ふかい）だったので、ローグは思わず声を上げてしまった。床は足の踏み場もなく、テーブルの上には書類の山が出来上がっている。

「な、なんだこの部屋は……前より数倍酷いぞっ……⁉」

「ふあぁ～……あ、床にあるやつは全部必要な資料だから、絶対に捨てないでね？ちょっとベッドで横になるから……片付けよろ……ぐぅ……」

クレアはそう言うといつもの薄着になり、ベッドで横になってそのまま寝てしまった。

「これを……一人で片付けろ……と？　はぁぁ……」

ローグは床から資料を拾い上げ、種別ごとにファイリングし、棚（たな）を作り収めていく。明らかにゴミと思われる物は容赦なく捨てた。

「いつのだ……このパンは……カビだらけじゃないか……あ～あ、コーヒーまでこぼれて床に染みが出来てるし……」

ローグは室内全体に【クリーン】を掛け、清潔な状態にした。結局、この片付けに約半日費（つい）やしてしまった。

「クレア、終わったぞ？　って寝てるか」

　クレアは熟睡していた。

　クレアの担当する町長という業務は、国を統括するフローラよりもある意味で忙しい。

　街で何か問題があれば、まずクレアのもとに陳情が届く。それに加え、新しく増える住民の台帳の作成やトラブルの対応など、クレアの仕事は多岐に亘っていた。これを現状たった一人で行っているのだ。

　ローグはクレアに近付き、髪を撫でてやる。

「お前には一番忙しい仕事を任せてしまっているな。いつもありがとう、クレア」

　クレアはゆっくりと目を開く。

「いいわよ。戦えない私に出来るのはこれくらいだしね」

「起きたか。もう良いのか？」

「ええ、久しぶりにゆっくり出来たわ。ありがと、ローグ」

　クレアはそう言って起き上がると、ぐっと伸びをして綺麗になった室内を見回す。

「相変わらず器用ねぇ……専属秘書にならない？」

「俺、一応王なんだけどね？」

「わかってるわよ。言ってみただけよ。さて、残りの仕事片付けよっかな」

「あまり無理するなよ？」

「はいはい」

クレアが仕事モードに入ったため、ローグは邪魔にならないよう部屋を後にした。

「秘書……探すかなぁ……このままじゃ可哀想(かわいそう)だしな」

ローグは城に戻りつつ、クレアの秘書について頭を悩ますのであった。

†

翌日、ローグは火竜と雷竜を連れ、白の大地を目指して飛んでいた。

しばらく飛行していると、いつの間にか下の大地が白くなっていた。吐く息も白くなっている事から、気温が物凄く下がっているとわかる。

ローグは火竜と雷竜に尋ねる。

「なぁ、お前ら寒くない？」

《涼しいくらいだな。雷竜はどうだ？》

《めっちゃクールだぜ！　ここのどこかになら氷竜はいそうだな！　早く探そうぜ！》

「大丈夫そうだな。さて、ん……あれは村か？」

遠くに集落が見える。ドーム型をした家らしき物がいくつかと、その奥に盛り上がった洞窟(どうくつ)の入り口らしき物が見えた。

「二人とも、下に降りよう。ここからは歩いていくぞ」

《はいよっ》

それからローグ達は地上に降り、見えた集落を目指し歩いていった。

「これは……大地が凍っているのか。凄いな」

ローグがそう呟くと、火竜が言う。

《ああ。これは俺の炎でも溶かしきれないな。どこまで凍っているかわからん》

「おそらく、長い年月を掛けていくつもの層を作っていったのだろう。これじゃ下に土があるかどうかもわからないな。お、村が見えてきたぞ。二人とも小さくなってくれ」

二匹の竜はポンッと肩乗りサイズになり、それぞれローグの肩に乗る。ローグはそのまま歩き、村へと近付いていった。

村人らしき人がローグを見つけ、近付いてくる。狼型の獣人で、中々強そうだ。

「我らの村に何か用か？　旅人よ。ここには何もないぞ？」

「えっとこの辺にダンジョンはないかな？　そこに氷竜がいるかもしれなくてね。俺達はその氷竜を探しに来たんだよ。もし何か知っていたら教えてほしい」

獣人はローグを見ながら言う。

「ダンジョンか。あるにはあるが……お前、何も知らないで来たのか？　そんな軽装だと間違いなく死ぬぞ？」

「ん？　どういう事だ？」

獣人曰く、ダンジョンは氷の迷宮と呼ばれ、この白の大地全体に広がっているとの事。火竜が溶かせないと感じたのは間違いではなく、ダンジョンの壁は破壊してもすぐに再生してしまうようだ。

なお、白の大地の広さは、日本でいうと北海道と同じくらい。深さは誰も到達した事がないため未だ不明。いつ誰が作ったのかも不明だという。

入り口は六つで、各集落で管理している。この入り口には集落の長が認めた者しか入れないとの事だった。

「じゃあ、長を探そうかな。で、その長はどこにいるのかな？」

「俺だ。俺がこの集落の長、ライガだ。俺が出す試練は力。乗り越えられたら、氷の迷宮に入る事を認めよう。迷宮は危険な場所だから、力なき者の挑戦は認められん。俺の試練を受けるか？」

ローグは間髪(かんはつ)を容(い)れず答える。

「もちろん。そのために来たんだし。で、俺は何をすればいい？」

「なぁに簡単だ、モンスターを狩ってくれれば良い。対象モンスターは、ホワイトベアー、アイスゴーレム、スノウワイバーン等だ。期限はないから、狩ったら持ってくるといい」

「丸焦げにしても良いのか？」

「出来れば生がいい。肉は俺らがもらうからな」

「ちゃっかりしてるねぇ。ま、いいか。量の指定はある？」

「指定はないが、あまりに少ないと認められんぞ？」

「なるほど、上限はないんだね。じゃあ行ってこようかな」

「ああ、夜は冷えるからな？　日が落ちる前には戻れよ？」

「忠告どうも」

ローグは集落を出る。別に夜でもカプセルハウスがあるのでなんら問題ないが、忠告はありがたく受けておいた。


集落を出たローグは竜達に言う。

「魔物は打撃のみで倒すとしよう。さて、ただ狩るのもつまらないし、ここは一つ勝負といこうか。一番デカい獲物（えもの）を狩った奴が勝ちってのはどう？」

《《乗った‼》》

竜達は勝負事が大好物だった。

「よし、では……日暮れまでに魔物を狩り、またここに集合ね。一番デカい奴を狩った者が勝ちな。負けた者は……そうだなぁ、勝者の言う事をなんでも一つ聞くってのはどうだ？」

《良いだろう。竜の力、見せてやるわ》
《俺だって負けねーぜ！》
「よし、ではスタート！」
開始の合図とともに二匹の竜は空を駆けていった。
「さてと」
ローグはナビゲートを起動する。
《ナギサ、この大陸で一番デカい獲物の場所を頼むよ》
《マスター……中々に小狡いですね……まぁ、教えますが》
《スキルを制限しなかった奴らが悪い。で、どこに何がいる？》
少し間を置き、ナギサがローグの質問に答える。
《そうですねぇ……この白の大地で一番デカい魔物はアイスオークエンペラーですね。ここから北西に五十キロ地点にいます。次はホワイトベアーなのですが、何しろ数が多くてどれが一番かは不明ですね。見掛けたら狩るくらいで良いでしょう》
《じゃあ、そのアイスオークエンペラーとやらを狩りに行きますか》
その後、ローグは凄まじい速さで空を飛び、北西へと向かった。
一瞬で目的地上空に着くと、真下にはオークの集落があった。ローグは地上に降りると、刀を両手に構えて次々とオークを屠っていく。倒したオークは亜空間に収納しておいた。

ほぼ全てのオークを倒し終えると、最後に集落の奥から一際大きなアイスオークエンペラーが現れた。いきなり集落を襲われたアイスオークエンペラーは激怒していた。

《ブモッブモォォォォォォォッ‼》

「デカいな。だがそれだけだ。さ、来な」

結果は瞬殺だった。

アイスオークエンペラーは巨大な斧で襲い掛かってきたが、スピードが全くなく、ローグには止まっていると感じられるほどだった。最初の振り下ろしの一撃を躱すと、斧が地面に埋まったので、ローグは斧を握っていた手を斬り、止めに核を一突きして絶命させた。

「弱すぎだな。さて、回収回収っと」

アイスオークエンペラーを回収し終え、その場を立ち去ろうとすると、奥に人の気配を感じた。ローグはそちらに向かっていく。

そこでは、獣人の女性が何人か鎖で繋がれていた。

「まぁ……いるよな。オークだしなぁ……さてどうしようか……」

繋がれていたうちの一人がローグに気付き、口を開く。

「あ、あな……たは……？　オ、オークの群れは……？」

「俺はローグ。冒険者だ。試練のためにオークを狩りに来てね。すでにこの集落にいたオークは全滅させたから安心して良いよ。君達はどっから来たの？」

「東の集落からです。狩りの最中に捕まり、囚われていました……」

「そうか、そりゃ災難だったなぁ……」

ローグが、繋いでいた鎖から彼女達を解き放つ。

「じゃあ、俺はこれで。君達も集落に戻ると良いよ」

「戻りたいのですが、散々オークどもに汚された私達はもう帰れません。何故なら全員お腹にオークの子を宿していますので……！　なので……出来たらあなたの手で私達を殺してください……っ。オークの子を産むなんて死んだ方がマシです！」

そう言って泣き崩れる獣人達。あまりに可哀想だったため、ローグは彼女達の腹に手をかざし、汚された証を魔法で体外へと転送してやった。さらに全身に浄化魔法を掛け、綺麗にしてやる。加えて、【オールエリアヒール】で身体の傷を癒した。

「これで帰れるでしょ？　じゃ、俺はこれで」

「「「お待ちくださいっ！」」」

彼女達はローグにすがりついて来た。

「な、何？　俺は今試練の最中で忙しいんだけど……」

「助けていただき感謝いたします！　試練で狩りという事は力の試練ですね。なら、集落は第二ですか。あの、お礼がしたいので少し時間を頂けますか？」

「礼なんて要らないよ。助けたのも偶然だしね」

「そう言わずに！　あなたが来てくれなければ、私達は今頃……」

中々引き下がらなかったので、ローグは渋々礼を受ける事にした。

「わかったよ。そこまで言うなら……だけど、今はまだ狩りの最中だからさ、ひとまずその第二集落の近くまで送るよ。そこで、狩りが終わるまで待っててもらえる？」

「は、はいっ！」

ローグは第二集落の近くに転移し、カプセルハウスの中に彼女達を通す。

「じゃあ俺が戻るまではこの中で好きに過ごしてて。もし料理が出来る人がいたら、好きに料理して食べてて良いよ。風呂もベッドもあるから、ゆっくり休んでて」

「あ、料理なら私が。これは魔導コンロですね。大丈夫、使えます。お言葉に甘えます」

どうやら獣人達は魔導具について知っているようだった。もしかすると、氷の迷宮から魔導具が手に入るのかもしれない。

「ああ。じゃあまた後でね」

ローグは再び狩りに向かう。

大地を駆け回り、ホワイトベアーを中心に様々なモンスターを狩り、素材を集めていく。

駆け回るといっても、実際は地面から僅かに浮き、飛んでいた。ローグは地形の不利をものともせず、日暮れまで大陸中のモンスターを狩り続けた。

そして狩りから戻った火竜と雷竜と合流し、ライガに狩った獲物の鑑定をしてもらう。

「お、お前……この量をたった半日で……⁉」

ライガの目の前には、デカい山が三つ出来上がっていた。

《くそっ、まさかエンペラー種がいたとは！》

《あ〜ありゃ勝てねぇな。デカさが一回り以上違うわ、くそ〜負けた》

火竜と雷竜はアイスオークエンペラーの巨体を前に、複雑な表情を浮かべていた。

ライガが告げる。

「アイスオークエンペラー……こいつには散々煮え湯を飲まされ続けていた。第五集落では何人か攫われたと聞く。まさかそれを狩ってくるなんてな。これなら問題ない、合格だ。試練を乗り越えた証として、迷宮に立ち入る許可を与えよう。明日から好きに迷宮に挑んで良いぞ？」

「明日から？」

ローグが問うと、ライガが言う。

「ああ、さすがに疲れたろう？」

「いや、全然。あ、エンペラーの肉だけもらっても良いかな？」

「ああ、構わんよ。これだけ肉があれば十分だ」

「ありがとう。じゃあ、また」

去ろうとするローグに、ライガが声を掛ける。

「あぁ、そういえば宿はどうするのだ？　集落に泊まらないのか？」

「持ち運び出来る家があるから問題ないよ。また明日の朝に来る。では」

「あ、ああ。またな」

ローグはそうライガに話し、救出した獣人の女達がいるカプセルハウスへ向かった。カプセルハウスを前に、ローグは火竜と雷竜に言う。

「さて、負けた君達にはさっそく言う事を聞いてもらおうかな」

《ぬう、約束だからな。さあ言え》

「今日はこっちで寝てくれ。中に食料も酒もたんまりある」

ローグはそう言うと、別のカプセルハウスを出した。

《？　それだけか？　なんだ、火竜、中で宴会しようぜ。自棄酒（やけざけ）だ！》

《付き合おう。ではローグ、また明日な》

「ああ、また明日」

ローグは火竜と雷竜と別れ、獣人達が待つ家へと入る。

「戻った……って何してるの？　君達？」

彼女達は全員床に膝を折り、三つ指をついて頭を下げていた。

「お帰りなさいませ、ご主人様」

「ご、ご主人様!?」

「はい。最早帰る場所のない私達は、ご主人様のお世話になるしか道はありません。なので、どうか私達を雇ってください！」

「帰る場所って……もう身体に問題はないし、帰れるでしょ？」

するととと獣人の一人が首を横に振り、口を開く。

「いいえ。私達が攫われた事は、もう全ての集落に知れ渡っております。私達はオークに汚された者として蔑まれるでしょう。私達はもう死んだ事にされているのです。なので、もう集落へは戻れません」

ローグは同情しつつ、彼女達に告げる。

「そうか、事情はわかった。なら、俺の国に来るかい？」

「「「俺の国……？」」」

「ああ、この北の大陸に俺の国があるんだよ。そこで好きに暮らすと良いよ。それでなんだけど……君達には何か特技とかあるか？」

その問い掛けに、六人いる獣人達はそれぞれ自分の能力を口にしていく。

「私はナセアと申します。得意スキルは【調理】、戦闘では【槍術】を使います」

「わ、私はクイナです。得意スキルは【探知】です！　戦闘では【短剣術】を使います！」

「私はリニル……得意スキルは【暗殺術】【投擲術】」

「私はノールです。スキルは【解体】と【鑑定】です。戦闘は得意ではありません」

「次は私ですね。私はエノア。得意スキルは【鞭術】。それと【幻術】を少々」

「最後は私ですね、私はユリニアと申します。スキルは事務系ですね。【算術】【収納術】【回復術】を持ってい……きゃっ⁉」

ローグは突然、ユリニアの肩を抱いた。

「ユリニア、俺はお前のような力を持つ者を探していた。その力、俺に貸してくれ。俺はお前が欲しい！」

「は、はははいっ！　私はもうご主人様のモノですので……！」

ユリニアは何を勘違いしたのか、服を脱ごうとした。

「違うわっ⁉　スキルだよ、スキル！　ちょうど今事務系というか、町長の補佐官を探していたんだ。その力で俺の国の町長を助けてほしいんだよ」

「そ、そっちですか……残念……ですが、私の力が活かされるなら喜んで！」

「ありがとう！　いや、まさかこんなところで目的の一つが達成出来るなんてな。世の中わからないものだ」

その後、ローグは獣人達にアースガルドの事を説明してやった。

「神の国……ですか」

「ああ、俺の国は神が作らせた国なんだよ。困っている者や助けが必要な者が手を取り合って生きる国なんだ」

「素晴らしい国ですね！」

「ありがとう。そこでなら君達の過去を知る者はいないし、蔑まれる事もないだろう」

「「「ありがとうございます！」」」

こうしてローグは新たな仲間を迎え入れるのだった。

†

獣人達をゆっくりと休ませた翌朝、ローグは改めて獣人達の能力について尋ねた。

「おはよう。ゆっくり休めたかな？」

「「「はいっ！」」」

獣人達は一晩休み、だいぶ顔色が良くなっていた。

「それは良かった。さて、突然だけど君達はどのくらい戦える？　まぁ、オークに捕まるくらいだから、そんな強くはないと思うんだけど」

彼女達のレベルは平均すると６０前後。スキルレベルも2から3くらいだった。集落での狩りは主に男の仕事だったらしいから仕方ないとはいえ、彼女達はあまりにも未熟だった。

「なるほどね、お前達……強くなりたいか？」

「「「「はいっ！」」」」

「わかった。ならユリニアは残し、五人は俺と迷宮に行くぞ？　少し鍛えてやろう」

そこでユリニアが手を挙げる。

「私だけ居残りですか？」

「いや、ユリニアは今から俺の街に送る。その力で町長を助けてやってほしい。なんせほっとくと部屋が腐海になるくらいだからな。頼むよ」

「あ、はは……わかりました。微力ながらお手伝いさせていただきます」

「じゃあ、さっそく行こうか」

ローグはユリニアを連れ、クレア宅に転移した。

「な、なんだ……これは……!?」

転移した先には再び腐海が広がっていた。わざわざ半日掛けて綺麗にしたにもかかわらず、一日でその苦労が水泡に帰していた。

「クレア！　どこだ！　返事をしろっ!?」

「……ふわぁぁぁ……あ、ローグ？　どしたの？」

「どしたの？　じゃない！　なんでまたこんなになってるんだ⁉　昨日片付けてやったばかりじゃないか⁉」

「え？　やぁ……あはは……なんでだろ。あれ？　後ろの獣人は？」

　クレアにそう問われ、ローグはユリニアを紹介する。

「彼女はユリニア。白の大地でスカウトしてきたんだ。今日からクレアの補佐をしてもらうためにね。ユリニア、彼女が町長のクレアだ。見ての通り、仕事以外はかなりのポンコツだ。彼女をよろしく頼むよ……」

　ユリニアは勢いよく頭を下げる。

「は、はい！　ユリニアと申します！　クレア様、どうぞよろしくお願いいたします！」

「ん～……補佐ね、何が出来るの？」

「そうですね、書類の仕分けに片付け、炊事（すいじ）、洗濯、交渉等です。この国のやり方を教えていただけたら、すぐに力になれると思います」

　すると突然、クレアは叫び出す。

「ロォォォグ‼　ありがとうっ！　私は待っていた！　彼女のような素晴らしい人材をっ！　よぉし、みっちり仕込むからね、ユリニア！　私について来なさい！」

「は、はい！　では、ローグ様。また……」

「あ、あぁ。頑張ってな、ユリニア」

「はいっ！」

ユリニアをクレアに預け、ローグはカプセルハウスへと転移した。


「……ただいま」

帰ってきたローグに、ナセアが尋ねる。

「あ、ご主人様。ユリニアは大丈夫そうだ。ユリニアはどうでした？」

「あぁ。ユリニアは大丈夫そうだ。むしろクレアに問題がありすぎた。どうしたら一瞬であんな腐海に……理解出来ないわ……」

「あはは……それで、ご主人様。私達はこれから迷宮に行くという事で大丈夫ですか？」

「ああ。とりあえず装備を渡すから、迷宮で使ってみてくれ。装備は成長とともにどんどん新調していくから、遠慮なく言ってくれ。じゃあみんな、頑張って強くなろうな」

「「「はいっ！」」」

「うん、じゃあ行こうか」

ローグは火竜と雷竜を迎え、ライガに会いに行く。

「ライガ、今から迷宮に行く。許可を」

「ああ。って、後ろの女達は？　おや？　見た事あるな……もしかして攫われていた奴らか？」

「ああ。助けてやった。帰る場所がないって聞いたから、俺が引き取ったんだ。迷宮で彼女達を鍛える。問題ないよな？」

「ん？　あぁ。あ、女達はオークに孕まされてないよな？」

「大丈夫だ。処理してある」

それを聞いて安心したライガは、ローグに迷宮への挑戦の注意事項を告げる。

「迷宮の中は自己責任だからな？　死んでも文句はナシだ。いいな？」

「問題ないよ。死なないし。じゃあ、行ってくる」

「物凄い自信だな。行ってこい」

長であるライガの許可を得たローグ達は、集落の中央にあるドーム状の建物の前へと移動した。そして、試練を乗り越えた者のみが得られる鍵でしか開かない扉を開く。

普通、建物の中は外より暖かいものだが、ドームの中はひんやりしていた。どうやら下から冷気が漂ってきているらしい。

ローグは迷宮に入ると、まず火竜と雷竜に言う。

「お前達は好きに暴れて良いぞ？　俺はコイツらを鍛えながら進むからさ。あ、程々にな？」

《うむ、問題ない。雷竜、行こうか》

《ハッ！　腕がなるぜ！　食らいつくしてやるよ！》

　竜達は嬉々として空を駆けていった。

「ご、ご主人様は竜を使役していらっしゃったのですか？」

「まぁな。たまに問題も起こす奴もいるが、いい奴らだよ。みんな俺の仲間さ。さて、まずは俺がモンスターを倒してお前達のレベルを上げるから、ついて来るといい。レベルが200に入ったら、自力で倒してもらう。良いな？」

「「「はいっ！」」」

　ローグはナギサに道を聞きながらモンスターを倒し、地下へと下りていく事にした。

　氷の迷宮は一階がとてつもなく広いため、階層は少なく、全部で地下二十階らしい。それでも広さが白の大地並みにあるため、ナビがなければ確実に遭難するだろう。

　ローグはナビで下る階段の位置を把握しつつ、一日一階ずつ攻略し、獣人の女性達のレベルを上げていった。

　挑戦から十日掛け、氷の迷宮の半分を攻略する頃には獣人の女性達のレベルも上がり、目標の200台へと突入した。

　ちなみにここはダンジョンなので、敵は倒すと全て宝箱に変わる。魔物は階段に近付くほど、強くなっていく仕組みのようだった。

「よし、明日から俺のサポートなしでの実戦だ。これから地下一階に戻る。そこからは君達の力だけでここまで戻ってくる。良いな？」

「はいっ。ご主人様の戦い方を見て、モンスターの特徴は覚えました。お任せください！」

「そうか。だが油断はするなよ？　では戻ろうか。【転移】！」

ローグは再び地下一階へと戻り、今度は彼女達に戦わせながら先を目指した。彼女達は上手く連携し、問題なく魔物を倒していく。

今度は二十日掛け、地下十階に到達した。この頃には、彼女達のレベルも３００台後半まで伸びていた。

「自分がこんなに強くなれるなんて……」

「あ〜、もっと早くご主人様と会っていればな！　あんな事にならなかったかもしれないのに！」

「仕方ないですよ。むしろ、生きてご主人様に出会えた幸運を喜びましょう」

「そうそう。こうして毎日幸せに生きていられるのもご主人様がいてこそよ。皆でもっとご主人様の力になれるように強くなろう！」

「「「「お〜！」」」」

獣人の女性達はやる気に満ちていた。

それからローグも動き、階層も残り一階となったところで火竜と雷竜と合流する。

《ローグ、この下に氷竜がいる。準備はいいか？ 奴は強いぞ？》

《竜との戦いに手は貸せねぇのがルールだからな。ローグ、しっかり氷竜に勝てよ？ 俺達のバンドのためにもな？》

「ああ、任せろ。凍てつくベース、きっちり仲間にしてくるよ」

雷竜はニカッと笑い、親指を立ててローグを応援した。

ローグは獣人達に向き直り、こう告げた。

「ここから先は俺の仕事だ。君達はこの竜達と地下十九階で待機だ。暇なら狩りをしてても良いよ。カプセルハウスは置いていくからさ」

「「「はいっ！」」」

「よし、では明日氷竜の所へ向かう。今夜はゆっくり休ませてくれ」

ローグはカプセルハウスを出し、休んだ。明日はいよいよ決戦だ。氷竜とはどんな奴だろう。ローグは胸を躍らせ、ゆっくりと休息を取るのだった。

†

翌朝、ローグは一人階段を下りていく。

階段を一歩進む度に気温がどんどん下がっていくのがわかる。【環境適応】がなければ一瞬で凍りついてしまいそうなほど寒かった。

「みんなを置いてきて正解だったな。こんな環境、いくら毛皮を着た獣人でも耐えられないだろう」

長い長い階段を下り終えると、とてつもなく広いフロアにたどり着いた。天井は高く、見渡す限り一面白一色。遥か彼方に、僅かに青みがかった身体を持つ巨大な竜が、丸くなって眠っているのが見えた。

ローグは気配を殺し、ゆっくりと近付いていく。

《止まれ、人間……そこから先は俺の領域だ。一歩でも踏み込んだら命はないと思え》

ローグはピタリと歩みを止め、竜に語り掛ける。

「命はないか、怖いな。それはそれとして、用件を伝えよう。迎えに来たぞ、氷竜。俺の仲間にならないか？　他の竜達もいるぞ？　お前も一人でここにいるより、仲間と楽しく暮らしたくはないか？」

《……興味ない。俺は一人が好きだ。帰れ、そして二度と来るな》

「そうはいかない。お前を仲間にしないと、雷竜あたりがうるさくてな」

《それはそちらの都合だろう。俺には関係のない話だ、俺はここを動かない。さっさと帰れ》

　そう言い終わると、氷竜は再び眠りに就いた。

「やれやれ、取り付く島もないな。なら……一歩進んだらどうなるのかな？」

　ローグは足を一歩踏み出す。

　すると踏み出した瞬間、氷竜の尾が鋭い氷を纏ってローグに襲い掛かる。その攻撃はローグの足の皮膚を切り裂いた。

　地面に赤い染みが広がる。

「……ってぇ～。【ヒール】」

　ローグはすぐに回復魔法で傷を治した。

《次は足を落とす。これは脅しではない。警告だ》

「へぇ、警告だなんて案外優しいんだな。なら俺も本当の力を見せよう。【セイントオーラ】!!」

　ローグは聖なる気を身に纏い、能力を上げる。

《それは聖竜の……貴様、ただの人間ではないな？》

　氷竜の瞳に熱が入る。

「さぁ、打ってこいよ、氷竜。お前をねじ伏せて、俺を認めさせてやる」

《……ふん。どうやら久しぶりに全力を出さなければならないらしいな》
氷竜はむくりと起き上がり、冷気を身に纏う。
《竜魔法【アイスオーラ】》
周囲の気温がさらに下がり、フロア全体の水分がみるみる凍りついていく。そして気温が下がれば下がるほど、氷竜の力は増していく。
《貴様の時間を凍らせてやる。竜魔法【フリーズタイム】》
「っ！【リフレクト】!!」
ローグは氷竜の攻撃魔法を反射する。
だが、氷竜の時間は止まらない。
《甘いな。この魔法は体温を下げ、身体を動かせなくする魔法だ。俺は体温が下がれば下がるほど力を増す。今ので俺の力はさらに増した。ありがとう、礼を言うぞ》
「なら、今度は気温を上げてやるよ。【プロミネンスフレア】！」
ローグは灼熱魔法を使い、フロア全体を溶かすほどの熱量を持つ巨大な太陽を出した。
《ふん、くだらんな。竜魔法【アイスブレイク】》
氷竜の竜魔法で、ローグの作り出した太陽は凍てつき、そして破壊された。
「なるほど。普通の魔法じゃ駄目らしいな……実にやっかいだ」
《太陽は破壊したが、気温が少しだけ上がってしまったな。まぁ、これくらいなら問題

ない》
氷竜は翼を広げ、宙に浮いた。
《人間にしては中々やるようだが、所詮は人間。貴様らが使う魔法は我らの竜魔法から派生した紛い物だ。そんな魔法で竜に挑むなど、千年早いわ》
「言ったな？　なら、俺は魔法でお前を倒してみせる！」
《うぬぼれるなよ、人間。どうやらお前は聖竜や雷竜を知っているようだが……俺は奴らのように甘くはないぞっ！　貴様を殺して、そのはらわたを食い散らかしてやろう！》
「やれるもんならやってみろ！」
氷竜は浮かんだ状態で口を大きく開いた。
《くらえ。【氷竜の咆哮】！》
「くっ‼」
ローグに向かい、絶対零度に近い氷竜のブレスが襲い掛かる。

スキル【氷竜の咆哮】を入手しました。

「なんのっ！　【火竜の咆哮】‼」
《なっ⁉》

ローグは氷竜のブレスに対し、火竜のブレスを放った。
《バ、バカヤロウがっ！》
「……あ」
ブレス同士が衝突した瞬間、大量の水蒸気が発生し、その場で大爆発が起きた。いわゆる水蒸気爆発というやつだ。
「ぐはっ！」
《グッ……！　このっ……バカがっ！》
氷竜は爆発の瞬間、遥か後方へと退避していたが、ローグは爆発をもろにくらってしまっていた。

この大爆発は上の階層にまで響いていた。獣人の女性達が騒ぐ。

「な、なんですか、今の揺れは⁉」

「今、めちゃくちゃ揺れましたよね⁉」

火竜が声を震わせる。

《なんだってんだ、今の……》

そこで雷竜は気付いた。

《わかっちゃったぜぇ～？　こりゃお前が昔、氷竜とやった時の……》

《言うな！　あの時はまさかあんな事になるとは思わんかったのだ！》
《くくくっ、母ちゃんめっちゃ怒ってたもんなぁ？》
その会話に、獣人の一人が割って入る。
「い、今の揺れがなんだかわかるんですか？」
《まあな。今のは溶けた氷から出た水が急に熱せられて水蒸気となり、バーーーンって大爆発を起こしちまったのよ。昔、氷竜とこいつがおんなじ事やらかしてよぉ》
「ど、どうなったんですか？」
《あん？　そりゃあ……悲惨だったぜ……場所が母ちゃんの部屋でなぁ。その爆発で家具やら食器が全部吹き飛んでさぁ、二人ともめっちゃ怒られてやんの。あれは笑ったぜぇ～》
「は、はぁ……」
《ま、これで二人は学んだわけよ。冷たい物は急に熱しちゃいけませんってな》
上でそんな会話が広がっている頃、階下の二者はというと――
「がはっ！　くぅぅぅっ……！　しくった」
爆発をモロにくらったローグは、ガードこそしたものの、両腕に酷い怪我を負っていた。
《やはり人間はバカだな。その腕ではもう戦えまい》
過去に同じ現象を体験していた氷竜は、無傷の状態でローグの前に戻ってきていた。

「いったぁ〜……こんな怪我なんていつぶりだ？　【エクストラヒール】！」
ローグは完全回復魔法を使い、怪我を治療した。服の袖はなくなってしまったが、腕自体は問題ない。
《貴様……まだ戦うつもりか》
「当然！　まだ負けたわけじゃないからねっ！」
《小賢しい……なら俺も本気でいくぞ！　竜魔法【アイシクルランス】‼》
氷竜の周囲に氷柱が浮かび上がる。
「竜魔法ばかりだな。スキルは使わないの？」
《……貴様は聖竜のスキルを使ったな。そしてさっきは火竜のスキルだ。そこから推測するに……貴様は、相手のスキルを何らかの手段で自分のモノに出来る。そんな相手にスキルが使えるか》
「……賢いな。ったくやりづらい相手だ」
《ふん、俺を今まで相手にしてきた竜と一緒にするなよ。貫けっ‼》
「ちっ！」
ローグ目掛け、巨大な氷柱が物凄い速度で飛んでくる。
「【アースウォール】‼」
《なっ！　またかっ！》

ローグは分厚い土の壁で氷竜の攻撃をガードした。

「次はこの魔法をくらえっ‼　【トールハンマー】‼」

《がっ⁉　な……んのこれしきぃぃぃっ！　あぁぁぁぁぁっ‼》

雷魔法を直撃させたが、氷竜はそれを受けきり、弾き飛ばした。

《人間の魔法など効かんと言ってるだろうっ‼　いい加減諦めろっ‼》

「雷はいくらかダメージが入るみたいだな」

ローグは氷竜が一瞬グラついた瞬間を見逃さなかった。

《クソがっ……！　竜を舐めるなよ人間っ‼　【氷の流星(コールドレイン)】‼》

スキル【氷の流星(コールドレイン)】を入手しました。


「なんだ、使わないんじゃなかったのか？」

ローグは無数に降り注ぐ氷の塊(かたまり)を躱しながら、ある魔法の準備を始めた。

《うるさいっ！　貴様なんぞにいつまでも付き合っていられるかっ！　穴だらけにしてやるっ‼》

「怖い怖い……っ！」

ローグは必死に躱しつつ、魔法の全ての属性を混ぜ合わせていく。

「まだだ、これに竜属性を……！」

《ん？　貴様……それはなんだっ！　まずいっ‼》

ローグの手の中で、白い光が不可視の光へと変わる。

「さあ、くらってくれ。合成魔法【ネオ】‼」

不可視の光線が、降り注ぐ氷塊を瞬時に消し飛ばした。そして、氷竜の全身に次々と風穴を空けていく。

《ぐっ……！　あっ……！　な、なんだっこれはっ‼　あぁぁぁぁぁぁっ‼》

見えない光を躱す事が出来ず、氷竜は為す術なく全身を貫かれて地面に伏した。

ローグは動けなくなった氷竜に近付くと、こう宣言した。

「俺の勝ちで良いよな？　氷竜」

《ぐっ……もう動けん……お前の勝ちで良い》

「じゃあ回復しようか。【エクストラヒール】！」

ローグは氷竜の傷を癒した。

氷竜はむくりと身体を起こし、頭を左右に振る。

《ふぅ……貴様、滅茶苦茶な奴だな。人間の魔法に竜の魔法を混ぜるだなんて……》

「合成魔法【ゼロ】だと攻撃が見えてしまうから、氷竜なら多分躱すと思ったんだよ。だから戦いながら思いつき、調整したんだ。竜属性が強すぎて、均等に配分するのに苦労したけどな」

ローグは簡単に言った。彼は、それがどれほど難しい事か理解していなかった。

《見えない光、あれを躱すのは俺には不可能だ。どこを狙っているか、どこから飛んでくるか、いつ飛んでくるかが全くわからん……この化け物め》

「化け物って酷いな。まぁ上手くいって良かったよ」

そう言ってローグは笑った。

そんなローグに、氷竜は真剣な表情で問う。

《ふん。さて、俺に勝ったお前は俺に何を望む。世界を壊すか？　それとも支配か？》

ローグは首を傾げつつ答える。

「何って……なんだろうな？」

《はぁ？》

「とりあえず破壊とか支配はないよ。俺はむしろそうされて困っている人達を救いたいんだ。俺は神の使徒だからね。で、俺が氷竜に望む事は一つだ」

《なんだ？》

「ベース、上手いんだろ？　また雷竜達とバンドやらないか？」

《……は？》

氷竜は唖然としている。ローグは笑みを浮かべて尋ねる。

「バンドだよ、バンド！　ベース弾けるんだろ？」
《お、お前……まさかそれだけのために⁉》
「ああ、クリスやらアースが連れてこいって五月蝿(うるさ)くてさぁ」
《クリス？　アース？》
「あ、竜には名前付けてるんだよ。ちなみにクリスが雷竜で、アースが土竜な」
　氷竜は呆れ果てていた。
《バカか……たったそれだけのために、俺に戦いを挑んだというのか……はぁ……これだから人間ってのは理解出来ないな》
「俺も雷竜とギターバトルして楽しかったし。お前達のバンドってのを一度見てみたくてさ」
　氷竜は大きく息を吐くと、ゆっくりと告げる。
《……わかったよ。俺はお前に負けた。仲間になろう。ただし、竜の力を悪用するような事があれば、その時は主であっても殺す。いいな？》
「ああ。それくらいでちょうど良い。さて、上に雷竜と火竜が来てるんだ、行こうか」
《待て、行く前に俺にも名をくれ》
　何故か、氷竜が名前を欲しがった。雷竜達が名前をもらっていると知り、羨ましくなったようだ。氷竜のクールな表情からは、その心境を窺う事は出来なかったが。

ローグは当惑しつつ告げる。

「え？　う～ん……なら、オルムってのはどうだ？　意味はまぁ、まんま氷なんだけど」

《オルム……良いだろう。これからはそう呼んでくれ。ローグ》

「わかった、オルム。じゃあ、皆の所に行こうか」

†

無事に氷竜を仲間に迎えたローグは、地下十九階に戻り、皆と合流した。

氷竜を目にした雷竜が声を掛けてくる。

《よう、お前も負けたのか、氷竜》

《雷竜か。久しぶりだな。ああ、負けたよ。とんでもない魔法をくらってな。そういえば、お前……ギターで負けたんだって？　俺は世界一のギタリストだー！　とか言っといて負けるなんてな、ダセエ……》

《んなにぃぃぃっ!?　氷竜！　お前はローグのテクを見てないし、聴いてないからわからねぇんだよ！　正直、速弾き（はやび）なんて指が見えねぇぞ!?》

《……それはちゃんとメロディーになるのか？》

《なってた……悔しいが、あれには勝てんわ》

二匹の竜は、音楽の話に華を咲かせていた。

そして、そんな様子を眺めるローグに獣人達が尋ねる。

「ローグ様、これからどうなさるのでしょうか？　ここでの目的は果たされましたよね？」

「ん？　そうだなぁ……あ、そうだ！　君達の中で誰かスキル【複製】ってのを持ってる人、知ってる？　この大陸にいるそうなんだけど……」

以前ローグは、ナギサからこの地に【複製】スキル持ちがいると教えられていた。

ローグの思いつきの問い掛けに、獣人達の一人が反応した。どうやら心当たりがあるようだ。

「それなら、私達のいた集落に使い手がいますよ。まだ幼いですが」

「第五集落だっけ？　なら、そこに行こうかな。その使い手、仲間に出来そうかな？」

「う〜ん……使えるって私達以外には知らないし、集落も出たがっていたから多分大丈夫かな？　私達はもう村には入れませんので、ローグ様にお任せいたしますよ」

「そっか、掟って厳しいんだな。わかった。なら、先に君達を俺の国に送ろう。疲れただろうから、そこでゆっくり休んでくれ。クリス、そろそろ帰るぞ〜？」

《あいよ〜。氷竜も行こうぜ》

《ああ》

ローグは全員を連れ、アースガルドへ転移した。

転移した先で、獣人達は非常に驚いていた。
「うわぁっ！　お城だ！　大きいっ！」
「見て！　街よ！　凄く綺麗！」
「緑の大地があんなに……！　素敵……」
「ここがローグ様の国なのですね！　凄いです！」
氷竜は唖然としながら辺りを見回していた。
《なんだこの国は……！　俺の知識にはないぞ？　いったいどうなっている？》
氷竜の疑問に雷竜が答える。
《神が何かしたらしいゼ。それよりセッションしようゼ。久しぶりによ！》
《あ？　俺ベースないけど？》
《は？　せっかく作ってやったのにか!?》
《寝てたらいつの間にか雪に埋まっててな。探そうにもどれだけ埋まったかわからないし諦めた。すまんな》
《おまっ……！　はぁぁぁ……また一から作るのかよぉ……あ、そうだ！　ローグに頼もう！　ローグ、あのファンキーなギターみたいなやつ、氷竜にも作ってくれよ！　なっ？》
ローグは少し考えた後、雷竜にこう答える。

「今は待ってくれ。白の大地から帰ったら、俺に良い考えがある。それまで楽しみにしておいてくれ。それより、氷竜を他の竜に会わせてやってくれよ。頼むぞ？」

《ん？　あ、あぁ。わかった、なるべく早くな！　氷竜、行こうぜ》

《あ、あぁ》

竜達は小さくなり、飛んでいった。

ローグは獣人達に声を掛ける。

「さて、ナセア達はとりあえず、俺と一緒に城に行くぞ。新しい部屋を与える」

「し、城に部屋？　よ、よろしいのですか⁉」

「もちろん。これから世話になるからな。さあ行こうか」

そこにコロンが、アースガルドの騎士団長を務めているミラを連れて、街から帰ってきた。手には、大きな袋を沢山ぶら下げている。先日稼いだ金で買い物でもしてきたのだろう。そしてミラからは、いつものように食べ物の匂いがしていた。

ローグがコロンに声を掛ける。

「お、コロン。ちょうど良いところに」

「あらローグ。もう氷竜は見つけたの？」

「ああ。仲間にしてきたよ。今は中庭でみんなと会っているはずだ。それよりもだ。後ろの彼女達に、空いてる部屋に案内してやってくれないか？」

コロンは獣人達を見て、少し表情を強張らせる。

「どしたの？　なんか強そうなんだけど……」

「白の大地でオークに攫われていたところを助けたんだ。行く場所がないって言ってたから、連れてきたんだよ。一人はもうクレアに預けてあるんだけど、この五人は戦えるから、こっちで面倒見ようかなってね」

コロンは頷くと、振り返ってミラに声を掛ける。

「ミラ、お願い出来る？　あなたの部隊に入れてあげて」

「はっ！　では、彼女達は私が。皆さん、私が案内しますので、ついて来てください」

「「「「「はいっ！」」」」」

ナセア達はミラに案内され、上の階へと消えていった。それをローグが見送っていると、コロンが話し掛ける。

「ローグ、もう仕事は終わり？」

「いや、俺はもう一度白の大地に行ってくる」

「え？　まだ何かあるの？」

「ああ、スキル【複製】の使い手のいる場所がわかったんだ」

「へぇ～、あ！　それで魔導具を量産する気ね！　この金の亡者！」

ローグの手刀がコロンの頭に落ちる。

「アホ！　コピーが出来たら一個作ればいいんだから、単価は下がるだろ！　もっと安く人々に配れるようにするの！　誰が金の亡者だ！　金なら腐るほどあるっての！」

「いったぁ～い！　なにすんのよ～！」

「お前がアホな事を言うからだ。そしてなんだその紙袋の山は……」

「これ？　服に決まってんじゃん。秋物の新作が出たのよね～。これは買いでしょ！」

　全く節約する気のないコロンだった。だが、これはこれで良い。金は使わなければ経済は回らないのだから。

　ローグはそう納得しつつ、コロンに言う。

「ま、自分の金で買うなら良いか。でも、ミラにも服を買わせろよ。いつも鎧姿じゃないか」

　これにはコロンも頭を悩ませていた。

「一応勧めてはいるんだけどねぇ……あれの目には屋台の食べ物しか映らないみたい」

「……残念だな」

「ええ、本当にね……」

　ミラの食欲はどうにもならないものと諦めたローグは、再び白の大地へと戻るのだった。

ローグは氷の迷宮地下一階に転移した。そしてナギサの案内で、第五集落に繋がる出口から迷宮を出る。

「め、迷宮からひ、人!? だ、誰だっ！」

いきなり武器を構えた獣人達に囲まれるローグ。彼はちょっとした考えがあって、かなり疲れたふうを装う。

「す、すまない。俺は第二集落の試練を越えた者だ。何日も迷宮を彷徨い、ようやくここに出たんだ。出来れば少し休ませてほしい……散々迷って体力がもう限界なんだ……頼む！」

獣人達は話し合った。しばらくして、獣人の一人が言う。

「わかった、試練を越えた者なら構わない。だが、少しでも不審な様子を見せたらすぐに叩き出すからな。良いか？」

「ありがとう！　助かる……！」

ローグは獣人に案内され、空き家に向かう。

「ここは前に仲間が住んでいたが、今は使われていない。好きに使え。寝具や食料は？」

「大丈夫だ。それは持っている」

「そうか。何かあったら、奥にある長の家に行くと良い。ではな」

　そう言い残し、獣人はその場を去っていった。ローグは案内された家の中へ入る。そして暖炉に火を入れ、暖を取る。

「仲間……か。もしかしたらここは、ナセア達が使っていた家なのかもな、私物がそのまだ。さて、これからどうするかだ。ナセアの話だと、スキルを持っているのは小さな女の子らしいが……名前聞いとけば良かったな」

　ローグはベッドを魔法で綺麗にし、横になる。

「探して……どうやってここから連れ出すかだよなぁ……攫うわけにもいかないし。う～ん……」

　その時、床板がずれ、小さな女の子が現れた。

「大丈夫だよ。私、両親いないし。お兄ちゃん、さっきの口ぶりだと、ナセアお姉ちゃん達の知り合いなんでしょ？」

「ああ。って、どこから入ってきた？　ってか誰？」

　気配は感じていたので、ローグは驚かなかった。それより、目的の人物が向こうから接触してきた事に驚いていた。

「私はメイ！　この集落の建物は地下道で繋がってるの。ねえ、ナセアお姉ちゃん達は無事なの？」

「あぁ。無事だよ。今は六人全員、俺の国にいる」

ローグがそう答えると、メイと名乗った女の子は彼の寝るベッドに座った。そしてニコニコしながら尋ねる。

「お兄ちゃん、王様なの!?」

「あぁ。こうして旅ばかりしているが、一応な」

「へ〜！　ねぇねぇ！　私も行きたい！　私を探しに来たんでしょ？　連れてって〜！　こんな何もない村で一生を過ごすなんてイヤなのぉ〜！」

メイはベッドの上でぴょんぴょん飛び跳ねる。その仕草は本当に子供のようだった。

「連れていきたい気持ちは山々なんだが、理由がない。黙って連れていったら、俺は犯罪者になってしまうだろ？」

「それなら……私のパパになればいいよ！　両親のいない私に同情して引き取る事にするのっ！」

「それが通じるのか？」

「大丈夫だよ。私は狩りも出来ないし、集落にしてみたら食い扶持を減らす事になるから、逆に喜ばれるはずだよ。ね、良いでしょ〜？」

「わかった。とりあえず明日、長に聞いてみよう。さ、今日はもう帰れ」

「……やだ。メイ、今日はここに泊まる。パパ……お腹空いたよぉ……」

メイはそう言って駄々をこねる。ローグはやれやれと思いつつ、メイをベッドから下ろすために抱え上げた。

　だが、メイは驚くほど軽かった。ローグはメイの身体を確かめる。

「やんっ！　パパのえっちぃ～！」

「ばか……お前、もしかして満足に食わせてもらえてないのか？　あばらが浮いてるじゃないか……」

　ローグがそう言うと、少しだけメイの元気がなくなった。

「うん……働かない者に分ける食料はこれだけだって……毎日少し。はは、仕方ないよね。狩りをしなきゃみんな生きていけないんだもん。それが出来ない私は、少しもらえるだけで我慢しないと……ぐすっ」

　ローグはメイを床に下ろし、彼女の肩に手を置いて言う。

「もう大丈夫。今日から俺が、メイに毎日お腹いっぱい食べさせてあげるよ。何が食べたい？　なんでも言ってごらん、どんな物でもパパが作ってやろう」

「……っ‼　い、良いの⁉」

「ああ。俺は今からメイのパパだ。もう我慢なんてしなくていいからさ。パパはなんでも作れるんだぞ～」

「な、なら……スープ！　肉と野菜が沢山入ってるやつ！　あと、柔（やわ）らかいパン！　本に載ってるのみたいなフワフワの！」

ローグはメイの頭を優しく撫でる。

「そのくらいならお安い御用だ。すぐにご飯にするから椅子に座って待っててな、メイ？」

「うんっ！　パパっ！」

さっそくローグは魔導コンロを出し、鍋を火に掛ける。味は、身体が温まるようにミルクベースにした。リクエスト通り、野菜も肉もたっぷり入れる。それを木の器に盛り、テーブルへと運ぶ。

続いて、同時に進めていた魔導オーブンから焼きたてのパンを取り出し、木の籠に盛ってテーブルに並べる。後はポテトをサラダにし、皿に盛りつけた。

「さ、食べてみな？　熱いから気を付けてな」

「い、いただきます……ずずっ。もぐもぐ……！　ぱくぱくぱく！」

メイは物凄いスピードでミルクスープを胃に収めていく。

「ははっ、誰も取らないからゆっくり食べな。美味しいかい？　メイ」

「うんっ！　すっごく美味しい‼　パンもフワフワだし……こんなの生まれて初めてだよぉっ！　はぐはぐはぐ……！」

「まだまだあるからいっぱい食べて良いよ。これからはこんなふうに毎日好きなだけ食べさせてやる。俺が父親になったんだ、もう我慢なんてしなくて良いからな？」

「うぅ～っ……！　はぐはぐ……おいひぃよぉ～……！」

それから二人で食卓を囲み、色々な話をした。メイは今まで集落で寂しい思いをしていたらしい。大人達は何も出来ないメイを邪魔に思っていたのかもしれない。

食事を終え、メイはローグの膝の上に座った。

「お腹パンパン、もう入らないよぉ～……」

「そうか。なら、デザートは要らないか？」

「デザート⁉　何ナニ！　食べる！」

「ははは、デザートはショートケーキだ。クリームたっぷり苺のケーキだよ。ほら、あ～ん」

「あ～ん……もぐもぐ……っ、おいしぃぃぃぃっ！　あま～いっ！　こんなの食べたの初めて！　これもパパが作ったの？」

「ああ。俺はなんでも作れるぞ。って、どうやら俺は娘に対して甘いらしい。気が付くとつい甘やかしてしまう……」

「優しいパパ大好きぃ～！　ふわ……パパ……メイお腹いっぱいになったら眠くなってきたよぉ……」

「そっか。ならそろそろ寝ようか。ベッドに行こう」

ローグはメイをベッドに運ぶ。そこにあった古いベッドは亜空間に放り込み、新しくフカフカのベッドを出してメイを横にする。

「……ぱぱ……一緒に寝よ……？　むにゃむにゃ……」

「甘えん坊だなぁ、メイは。良いよ、一緒に寝ようか」

ローグは服を着替え、ベッドに入る。

「えへへ……パパ～……」

メイはローグの腕に抱きついてきた。メイは朦朧としながらも、ローグと離れたくないとアピールしてくる。

「よしよし。さ、無理しないで寝よう。ずっと側にいるからな。お休み、メイ」

「う……ん…おやす……み…くぅ～……」

こうして夜は更けていくのだった。

†

朝になり、ローグはゆっくりと覚醒する。隣を見ると、メイが気持ち良さそうに寝ていたので、彼ももう少しだけ横になる事にした。

三十分後、メイが目を覚ました。彼女は瞬きを繰り返した後、ローグを見てにっこりと微笑む。

「夢じゃなかった……おはようパパっ！」

「おはよう、メイ。目が覚めたようだね。朝ご飯にするから、先に顔を洗おうか」

「うんっ！」

二人で顔を洗った後、ローグは朝食の準備を始める。朝食はパンとサラダ、目玉焼きにトマトスープにした。

ローグは食べながらメイに今日の予定を話す。

「とりあえず食べ終わったら、長に会いに行こう。それでメイを連れていく許可をもらったら、俺の国に行く。すでにナセア達も俺の国にいるから、寂しくはないだろう」

「メイはパパと一緒ならどこにでも行くよ～」

「はは。ありがとうメイ。嬉しいよ」

朝食後、ローグはメイとのんびりゴロゴロし、準備をして長の家に向かった。

長にメイを連れていく事を話すと、意外にすんなり許可が下りた。

「ぜひ連れていってくれ。ナセア達がいなくなり、その子の面倒を見る者はいなくなった。お主は懐かれているようだし、止めはしないよ」

「そうか、なら……メイ。これからは俺がお前を立派に育ててやるからな。一緒に行こう」

「うんっ、パパ！」

メイはローグに抱きつき、腹に顔を擦りつけていた。ローグはメイの頭を優しく撫でる。

その様子を見た長が、とんでもない事を言い出す。

「あのメイがこんなに元気になるなんてなぁ……主ら……まぐわったのか？」

「？　まぐわい？？」

首を傾げるメイ。ローグは慌てて言う。

「するわけないだろ⁉　温かいご飯を食べさせて、一緒にベッドで寝ただけだ。変な事メイに教えるなよ⁉」

「パパ、まぐわうってなに～？」

「大人になったら教えてやるよ……長、もう行くからな」

「ああ。さらばだ」

ローグは一旦家に戻った。

「さて、旅立つ準備はいいか？　もうここに来る事はないだろう。忘れ物はないな？」

「うん！　大丈夫！」

「よし、なら手を繋ごうか」

ローグがメイに手を出すと、メイは喜びながら手を握る。

「パパ、どうするの？」

「俺の国に転移するんだ。なに、すぐに着くから心配ない。では……【転移】！」

メイはギュッと目を閉じた。

「メイ、もう目を開けて良いんだぞ？」

メイはゆっくりと目を開けていく。ローグはメイを抱え上げると、眼下(がんか)の街並みと遠くに広がる豊かな大地を見せてあげた。

「うわぁ〜……すごぉ〜い！　これがパパの国なの⁉」

「まぁな。驚いたか？」

「びっくりだよぉ〜！　パパすごいんだねっ！」

「そうだぞ〜。まぁ、パパ一人の力じゃないけどね。支えてくれる皆の力があって、初めて維持出来るんだ」

後ろで書類の束が落ちる音がした。振り向くと、そこにはバレンシアが立っていた。

「バレンシアか？　どうした？」

「い、今パパって……パパって‼　ローグさん、そんな大きな子供がいたんですか⁉」

「義理の娘だよ。白の大地で養子にしたんだ」

「ほ、本当に？」

「ああ。ナセア達を呼んできてくれないかな？　それでわかるはずだ」

「は、はい」

バレンシアはすぐにナセア達を迎えに行った。ローグは椅子に座り、メイを膝の上に乗せながら皆が来るのを待つ。

　やがて、バタバタと足音が近付いてきた。

「「「「メイっ⁉」」」」

「あ、ナセアお姉ちゃん達だ！」

　メイはぴょんっとローグから下り、ナセア達の所に向かう。

「あぁ、メイ……こんなに痩せちゃって……村で食べてなかったの？」

「うん、村じゃ役立たずには少ししか食べさせられないって……でも、パパがこれからはい～っぱい食べても良いんだって！　メイ、もう幸せだよ～」

「「「「パ、パパ？」」」」

「うん、パパ！」

　メイがローグを指差すと、ナセアがローグに尋ねる。

「どういう事……です？」

「あぁ、それはな……」

　ローグは、村から連れ出す際に理由が必要だったので、メイを養子にした事を説明した。

それから懐かれ、現在に至る事も話した。

「なるほど、メイがすみませんでした」

「いや、俺がそう望んだんだから、謝る必要はないよ」

メイは再びローグの膝の上に座って笑う。

「パパはすごく料理が上手いんだよ～。メイはもうメロメロです。それに優しいし、メイはパパの子になれて幸せだよっ！」

「メイったら……ローグ様、メイをよろしくお願いします」

ナセアがそう言って頭を下げると、不意にメイが言う。

「そうだパパ！　ママはいないの～？　メイはママも欲しいです」

「ママ？　う～ん……それは難しい質問だな。そうだ、メイが選ぶと良い。メイが決めたならそれがメイのママだ」

ローグがそう言うと、その場にいた女性陣の目が光った。

ナセアがメイに言う。

「メイちゃ～ん？　ちょっとこっちでお話しましょうか？」

「なんです？　ナセアお姉ちゃん？」

メイはとことことナセア達の所に向かう。

「も、もちろん私がママよね～？　ね？」

「ナセアはお姉ちゃんです。そして、皆もお姉ちゃんです！　ママはもっと優しくて……メイを包んでくれるような……あ、あの人みたいな感じが良いです！」

メイが指差したのは、バレンシアだった。ナセア達はバッとバレンシアの方を向く。

「あらあら、私ですか？　そうですか……メイちゃん？　あなた……よくわかっているみたいですね！　私はローグさんの妻の母でバレンシアです。さ、おいで？」

「ママ〜！」

　メイはバレンシアに抱きついた。

「ママ良い匂い……柔らか〜い」

「「「そ、そんなぁ……」」」

　ナセア達はがっくりと崩れ落ちた。それを見てローグは笑う。

「メイ、ママはいっぱいいても良いんだぞ？　ここは集落じゃないんだ。きっと城のみんなも優しくしてくれるはずだよ」

「う〜ん……メイはバレンシア母さんが良いです！」

　それを聞き、バレンシアは母親の顔になる。

「嬉しいわ。さ、メイちゃん？　あっちにお菓子がありますから、私と行きましょう」

「お菓子！　行くっ！　パパ、良い!?」

　メイがローグの方に顔を向けると、ローグは頷く。

「ああ、行ってこい」

「やったぁ〜！　ママ、早く早くっ！」

「はいはい、うふふっ」

やはり子を産んだ事がある女性は違うな、とローグは思った。そして、獣人の女性が一人足りない事に気付く。

「そういえば……リニルはどうした？　姿が見えないが？」

「ああ。なんでもロワさんと仲良くなり、街に行くとかなんとか……」

「そうか、早くも馴染(なじ)んでいるようだな。お前達もしたい事があったら遠慮なく言ってくれ。可能な限り叶えてやろう」

「「「は、はいっ！」」」

こうして、白の大地での目的は達成されたのだった。

†

その数日後、ワーグナー王国に行っていたジュカ、ゾルグ、風竜が一人の魔族を連れて戻ってきた。ジュカがローグにこれまでの経過を報告する。

「問題を解決して参りました、ローグ様。ワーグナー王国で暴れていたのは、この魔族でした。彼は十魔将ワルプルギス。十魔将の中でも変わり者の戦闘狂(せんとうきょう)でして、ゾルグ様が決闘を挑まれ、見事撃破(げきは)されましたので連れて参りました。ローグ様、処遇(しょぐう)は如何(いかが)しましょう？」

「ん。ゾルグが倒したのだから、ゾルグに任せるよ。ゾルグ、危険はないんだよね？」

「ああ、一度倒してキッチリ教育したから大丈夫なはず……だ。ワルプルギス、挨拶をしろ」

　ワルプルギスは怠そうに口を開く。

「ちっ、なんで俺がこんな奴に……」

　ローグはすぐさま魔法を唱えた。

「【ネオ】」

「ぐふっ！　があっ！　なっ、なにが起きてっ!?　ぎゃうぅっ‼」

　ワルプルギスはローグが放った不可視の光に貫かれ、両手足を穴だらけにされてしまった。それを見て、ゾルグは大きな溜息を吐く。

「はぁ、このバカが。あれほど言っておいただろうに……ローグは俺とは比じゃないほど強いと」

　ローグは瀕死に陥ったワルプルギスを見下ろし、ゾルグに言う。

「どうやら教育が足りなかったようだね。こいつ、俺が代わりに教育してやろうか？」

「ひぃぃぃっ!?」

「ははっ。ローグに任せたら死んでしまいそうだからな。俺がなんとかするよ」

「そうか。【エクストラヒール】」

ローグはワルプルギスの傷を癒してやった。

「次に舐めた真似をしたら、容赦なく額を貫く。覚えておけ、ワルプルギス」

ローグにそう言われ、ワルプルギスは心底怯えた。

「ひっ！　こ、こいつら……バケモンかよ。な、なぁ？　ジュカ？」

「あなたがちゃんとしないからいけないのよ。しっかり役に立てば優しくしてもらえるわよ？」

ジュカは腕組みをしながら呆れていた。

ローグは気を取り直してゾルグに聞く。

「それで……ワーグナー王国は何か言っていたか？」

「ああ。今回の件を報告したら喜んでいたぞ。それで、ワーグナー王国は近々使者を送ってくるらしい。なんでも同盟に加わりたいそうだ」

「そうか、わかった。使者が来たら対応しよう。疲れただろうからゆっくり休んでくれ」

「ああ、それにしても……さっきの攻撃はなんだったんだ？　全く見えなかったが……」

「ああ。【ゼロ】に竜属性を加えたんだよ。それによって、不可視の攻撃が可能になったのさ。これは竜魔法を使える俺にしか出来ない、オリジナル魔法ってところかな」

ゾルグは、そう簡単に言ってのけるローグに若干呆れていた。

「……全くバケモンだな、お前は。ははは」

「ふっ、ゾルグこそ。魔族と戦って勝てたんだろう？　十分バケモンだ。ははは」

「まだまださ。今回は正式な決闘だったから勝てたまでだ。卑怯な手段で来られたら、対応に後れが出るだろう。修業あるのみだ。じゃあすまないが、少し休ませてもらうよ」

「あぁ」

ゾルグはワルプルギスを連れ、部屋に戻った。

ローグは風竜に声を掛ける。

「っと、ヴァン。氷竜を仲間にしてきたから、後で挨拶してやってくれ。今みんなと一緒に中庭にいるはずだからさ」

《へぇ～。氷竜まで仲間に……これで後は、光、闇、邪、無、全だね。さっすが～！》

「今回は結構キツかったよ。で、ヴァンは残りの竜の居場所に心当たりはある？」

《ないね～。多分違う大陸にいると思うよ。ワーグナー王国でこの大陸終わっちゃったし、それっぽい話も聞かなかったしねぇ……》

どうやら風竜は情報を集めていたらしい。意外に優秀だとローグは思った。

「そうか、違う大陸もあるんだよなぁ……実際、この大陸にこれだけの竜がいた事の方が、不思議なんだよな」

アースガルドがあるのは、世界に五つある大陸のうちの一つ、北大陸だ。この世界には他に、中央大陸、東大陸、西大陸、南大陸がある。その事をローグはあまり意識していなかった。

「他の大陸については、何も知らないに等しいんだよな。とりあえず同盟の結束を固めつつ、バロワ聖国のギルドマスターから情報を集めるとするか。じゃあ、ヴァンもゆっくり休んでくれ。また何かあればよろしく頼むよ」

《はぁ～い》

風竜はふわふわと空中を泳ぎ、中庭にいる竜達の所へ飛んでいった。

「さて……どうしようか。ひとまずはワーグナー王国からの使者待ちか。そうだ、母さんがもし時間があったら、エルフの国に来てとか言ってたな。ちょうど良い、一度顔を出してみるかな」

ワーグナー王国での事件も片付き、時間に余裕が出来たローグ。彼は一人、エルフの国へ転移するのだった。

第五章　エルフの新王

　長らく後回しにしていたが、ウィズから聞いた母からの用件を確認するため、ローグはエルフの国にある両親の家へ転移してきた。

「父さん、久しぶり」

「おっ、ローグじゃねぇか！　久しぶり……ってまたえらく強くなってるな」

　父親であるバランは、一人外で剣を振っていた。

「まぁね。強くないと守れる者も守れないしさ。それより、母さんが俺を呼んでるって聞いてたからさ。ちょうど今時間が空いたから来たんだけど」

「ああ、そういえば何か言ってたな。母さんなら女王の館にいるはずだ。行ってこいよ」

「え、今一緒に住んでないの？」

　ローグが何気なくそう問うと、バランは元気なく答える。

「……ああ。俺は人間だからな。フレアと結婚してても、王の屋敷では暮らせないんだとよ」

「え？　何それ？」

「フレアの事は愛しているが、俺はそろそろここを離れるべきかもしれん」

「な、なんで？」

　バランの表情が険しくなる。

「俺は、王や貴族ってのがどうも性に合わなくてな。まぁそれはどうでも良いが、フレアと一緒に暮らすには、色々面倒くさいんだ。過去に前例がないからな、人間が王になるというのは」

　そう言うと、バランは力なく笑った。

「そんな事になっていたのか……で、母さんはなんて言ってるの？」

「絶対エルフの国から出さないだとさ。やれやれだ」

　ローグは、さすが母さんだと感心しつつ、バランに告げる。

「それなら……王になれば良いじゃない」

「お前なぁ……簡単に言うけどよ。王になるためには、全てのエルフから認められなければならないんだ。人間の俺には無理に決まってるだろう、先代の王を武力で超えるなど……」

　バランの返答と聞いて、ローグは拍子抜けしてしまった。

「……え？　それ……だけ？」

「は？　お前、それだけとはなんだ。人間が勝てるわけないだろう。相手はこの森で最強の王だぞ？」

　どれほど難しい試練かと思いきや、先代の王エルンストを倒せばいいだけだった。ローグはバランに言う。

「いやぁ、エルンストくらいなら、ゾルグどころか、ジュリアでも勝てるかな？　……父さんにその気があるなら、鍛えてあげようか？」

「は？　ちょ、お前……今レベルいくつだ？」

「えっと……９２０かな。ここに来る前、白の大地で氷竜と戦ったからさ。聞いてよ！　氷竜めちゃくちゃ強くてさ！」

　レベルもさる事ながら、白の大地や氷竜という単語を聞き、バランは驚愕してしまった。同時に我が子に呆れてしまう。

「お前さ……人間辞(や)めてない？」

「失礼な。俺の仲間達だって、そろそろレベル５００になるんじゃないかな」

「……マジかよ。アースガルドはバケモンの巣窟(そうくつ)か!?」

　そう突っ込み、バランはしばらく黙った。

　そして、意を決してローグに頭を下げる。

「ローグ頼むっ！　俺を強くしてくれ！　やはり……俺はフレアと一緒にいたい！」

ローグはニコッと笑って言う。

「うん、任せてよ。ちょうど娘も鍛えに行こうと思っていたからね、父さんも一から鍛えてあげるよ」

「娘⁉　お前、子供出来てたのか⁉」

「え？　あ、いや、義理だよ義理。白の大地で孤児を見つけてさ、可哀想だったから連れてきたんだ。けど、今は本当の娘みたいに愛しているよ」

「はぁ……お前がな…まぁいいか。じゃあ、フレアんとこ行こうぜ。国から出るなら一応挨拶して行かないとな」

「そうだね。父さんがいきなり消えちゃったら、母さん激怒しかねないからねぇ……」


ローグはフレアの所に行き、バランを鍛えてくると話した。

するとフレアは呆気なく、許可してくれた。

「……ローグ、バランの事よろしくお願いね？」

「うん。とりあえずエルンストを片手で倒せるくらいにはしてみせるよ」

「あらあら、それだと母さんより強くなっちゃうから、ギリギリ勝てるくらいで良いわよ。じゃ、くれぐれも……お願いね？　うふふふふ」

フレアは言下に、バランを自分より強くするなと言っていた。ローグは経験から知っていた。フレアがああいう笑い方をする時は逆らってはいけないと。

「母さん、もしかして……用ってこの事だったの？」

「ええ。バランったらエルフの国から出るとか言うんですもの。余所に女でも作られたらうっかり殺しちゃいそうだし、ならローグのとこにってね？」

ほらこれだ。母さんは父さんを好きすぎるあまり、時々得体の知れないオーラを振り撒く。そう思って呆れるローグ。

一方、バランはこのオーラを受けて、心に決めた。死ぬ気で強くなろうと。

「あ……ははは。ま、任せてよ、母さん」

こうして、ローグによるバラン強化ミッションが開始される事となったのであった。

†

ローグはエルフの森からバランを連れ、メイの所へと転移した。

「あ、パパ！　お帰りなさい！　その人だれぇ〜？」

「ああ。パパの父さんだ。メイにはお祖父ちゃんになるのかな？」

「っ！　お祖父ちゃん⁉　わ〜い」

メイはバランに駆け寄り、足にぎゅっと抱きつく。

「うおっと！　ははは、君がメイちゃん？　初めまして。ローグの父のバランだ。にしても……可愛いなぁぁぁっ！　何か孫が出来たみたいで父は嬉しいぞ！」

「はは、孫みたいなもんでしょ？　血の繋がりはないけど、俺は本当の娘だと思っているからね。そして、メイの結婚する相手は俺より強い奴しか認めん」

「……お前……それは無茶だろう。メイちゃんを嫁に出さない気か？」

するると、メイはローグに言う。

「メイはパパのお嫁さんになるんだもん！」

「あ、あぁぁ……メイは可愛いなぁ～！」

抱きついてきたメイをひたすら愛でるローグ。

バランがツッコミを入れる。

「お前……親バカにもほどがあるぞ……」

「一向に構わないっ！　俺はメイのためなら世界すら敵に回す覚悟があるっ！　それでこの身が神の炎に焼かれようとも、俺は復活してみせるっ！」

そう力説するローグに、バランは呆れていた。

「はぁぁ……ま、その気持ちはわからなくもないがよ。俺もお前が生まれた時はそうだったしな。あぁ、何か癒されるなぁ～。俺ももう一人作るかなぁ……」

「父さん、相手は今や一国の女王様だよ？　作るにしても相当強くならないとね？」

「ああ、ローグ……よろしく頼むっ！」

「任せてくれ。まずは父さんとメイに【状態異常無効】を付与しよう」

さっそくローグは二人の頭に手をかざし、自分の持つスキルから【スキル付与】で必要になりそうなスキルを与えていく。

このスキルは、ローカルム王国の冒険者ギルドにいた付与術士をローグが助けた際に与えられたものだが、何かと重宝していた。

「そして、メイには戦闘スキルがないから……とりあえず【投擲術】と魔法スキルをさらに付与する」

ローグはメイにだけ、ポンポンスキルを与えていく。それを見たバランが声を上げる。

「お前、娘に甘すぎじゃないか？」

「そんな事はないっ！　むしろ全然足りないくらいだ！　よし、【体力自動回復】と【魔力自動回復】も付けてやろう！」

さらにスキルを獲得していくメイ。

「こいつ……ダメ親だ……アースガルドは人類最強国家になるかもしれん」

バランがそう呆れる中、ローグは様々なスキルをメイに付与していく。

やがて、竜のスキル以外のほとんどのスキルを与え終えたところで、ローグは二人に今後の予定を告げる。

「これから一ヶ月、二人には俺と古代迷宮で修業してもらう。父さんが目指すのは打倒エルンスト。メイは……まぁ、死なないように自衛を学ぶ……だな。それで良いかな？」

「ああ！」

「うんっ！　メイも強くなってパパと旅してみたい！」

「そうだなぁ……それも良いな。あっ、ちょっと待って。そういえばワーグナー王国から使者が来るんだった。ちょっとフローラに事情を説明しに行くか」

　ローグ達は遺跡へ向かう前に、二人でフローラの所に向かう。

「あら？　ローグさん、どうされました？」

「ああ、これから父さんとメイを連れて、一ヶ月ほど古代遺跡で修業させてこようと思ってさ」

「父さん……父さん!?　ま、まさかローグさんのお父様ですか!?」

　バランを目にして慌てるフローラ。

「ん？　あ、あぁ。あれ、会うの初めてだっけ？」

「は、ははははいっ！」

　フローラは綺麗な所作でバランに向かい、頭を下げながら挨拶する。

「初めまして、バラン様。私はアランの娘でフローラと申します。どうぞよしなに」

「アラン……アラン⁉　兄貴の娘か⁉」

「はい、長女にございます」

バランはまじまじとフローラを見る。

「はぁぁ……あの兄貴に、こんな出来た娘が生まれるとはなぁ……アランは元気か？」

「はい、今日も元気に国を支えております」

バランはローグを見て尋ねる。

「ローグ、お前……兄貴の娘まで連れ込んでたのかよ？」

「あれ？　言ってなかったっけ？　ちなみに婚約してるんだけど」

「ぶふっ⁉　聞いてねぇっての！　お前、マジかよ⁉」

バランは二人の関係に驚いていた。

「ああ。フローラには今、俺の代わりに国を回してもらってるんだよ。大事な部分は俺が決めるけどさ、それ以外は全部任せてるんだ。ほら、俺って国を空ける事が多いじゃん？」

「まぁ……お前は王にしちゃ、ちょっと自由すぎるわな。フローラちゃんも大変だな、こんなの相手にさ？」

フローラは慌てて首を横に振る。

「と、とととんでもないですっ！　私が好きでやっている事なので……」

フローラの顔は真っ赤に染まっていた。

「ローグ、お前……ちゃんとフローラちゃんの気持ちには応えてやれよ？　こんないい娘をただで使うなんざ、俺が許さねぇからな？」

ローグはバランの言葉に頷いた。

「ああ、わかってるよ。じゃあ、フローラ。君にはこの通信水晶を渡しておくよ。俺がいない間にワーグナー王国から使者が来たら、これで連絡をくれる？」

「はい、かしこまりました。気を付けてくださいね？」

「ああ、じゃ後を頼むよ」

ローグはフローラに留守を任せ、二人を連れて古代迷宮に転移するのだった。

†

古代遺跡へとやって来たローグは、二人を連れて階層を進んでいた。ひとまずバランの大丈夫そうな階層まで進む予定だ。

「なんだかなぁ……俺、エルフの国よりこっちに住みたいわ。なんだよもう、ローグばかり幸せになりやがって……」

「ははは。そうだ、今度父さんの家と城を空間で行き来出来るようにしようか？　いつでもこっちに来られるようにさ？」

「何っ⁉　そんな事が出来るのか⁉」

「ああ多分ね。今それ用の魔導具を鋭意試作中なんだよ。最近、空間を使う魔族が仲間になってさ、協力してもらっているんだよ」

「ぜひとも頼む！　エルフの国は娯楽が少なくてなぁ……フレアも忙しそうだし、父さん寂しくて……」

バランがそう口にして悲しそうにすると、メイが声を掛ける。

「お祖父ちゃんにはメイがいるです！　よしよし～」

「おおぉぉぉぉ。メイちゃん！　ありがとうなぁ～。後で何か買ってやるからなぁ～！」

「ならメイ、お菓子が食べたいです！」

「ははは、可愛いなぁ～」

およそダンジョンアタック中とは思えないほど、和やかな雰囲気で階層を進むローグ達。

そしてようやく目標地点へと到着し、ローグは二人に声を掛ける。

「よし、そろそろ始めようか。とりあえず、メイには装備品を渡す。投擲用のナイフセットとダメージ吸収付きのドレス、後は魔力が二倍になるティアラな」

「わ～い、これ可愛い～！　お姫様みたいっ！」

「ははっ、さ、カプセルハウスで着替えておいで？」

「は～い！」

メイはカプセルハウスに着替えに行った。次に、バランに尋ねる。

「それで、父さんの装備なんだけど。何か希望はある？」

「ん？　俺？　いや、俺には愛剣があるしな。どうせ敵の攻撃は当たらないから大丈夫だ。そうだな、ローグに俺の戦い方を一度見せた方が早いかもな。見て、もし何か必要な物があったら頼むわ」

「ん、わかった」

ローグとバランが話していると、メイが出てきた。ローグが声を上げる。

「ま、眩しいっ！　メイが可愛すぎて見えない！」

「もぉ～。パパったら！　お祖父ちゃんどうかな？」

「可愛いなぁ～。それでいて高性能……これは誰が作ったんだ？」

「俺だ。持てる才を全て注いだ」

「この親バカは……まぁ、見立ては悪くない。さすが我が息子だ。メイちゃんの可愛さが引き立っているな」

「だろう!?　わかってくれるか、父さん！」

男二人が娘の可愛さについて熱く語っていると、メイは恥ずかしくなってきたのか、先を急がせるように叫ぶ。

「もぉ～！　早く行こうよ～！」

ローグは急に真面目（まじめ）な顔になってメイに言う。

「あ、あぁ。そうだ、メイ。ダンジョンの中は危険だからな。パパの言う事は絶対に守るように。良いかい？」

「はいっ！」

「よし、じゃあ行こうか」

いよいよローグによる二人の育成計画が始まった。

地下三十階でバランの強さを確かめると、彼はそれなりに余裕を持って戦っていた。どうやらもう少し潜っても大丈夫そうだった。

バランとメイとの間に結構な差がある事を知ったローグは、先にメイをバランのレベルにまで引き上げる事にした。

地下四十階で、ローグはバランに声を掛ける。

「父さん、メイを強くしてくるから、父さんはこの階層から一人で行ける所まで進んでみてくれないかな？　何かあれば転移魔法陣で飛んでくるからさ。後、これ通信水晶ね。何かあったらこれで通信送ってね？」

バランは通信水晶を受け取りながらローグに言う。

「あ、あぁ。お前、色々と便利な物持っててんだなぁ」

「まあね。じゃあ、メイはパパの背中におんぶだ」

「は～い！　とおっ！」

メイはローグの背に飛び乗った。

「よし、じゃあ父さん、行ってくるよ」

「おう、一応言っておくが……やりすぎんなよ？　メイはまだ子供なんだからな？」

「ああ、わかってるって。じゃあ行くぞっ！」

ローグはメイと共に、転移魔法陣で最下層へと消えた。

一人残ったバランは、剣をギュッと強く握りしめる。

「さて、ダンジョンアタックとか久しぶりだな。年甲斐もなくワクワクしてきたぜ。早く戦いの勘を取り戻さないとな。さて、行こうか。我が愛剣『ミネルバ』」

バランの剣は光を帯び、淡く輝いた。

†

地下四十階から単独で攻略していくバラン。

敵は弱く、バランの相手にはならなかった。

「ふ〜む……やはり足をやった時の弊害が、歩法に影響してるなぁ。これじゃあ師匠になんて言われるか……ま、ゆっくり感覚を取り戻していきますかねっと！」

《ギャギィイイイイイイッ‼》

バランは以前の感覚を確かめるように、身体を動かしていく。バランは全ての攻撃を紙一重で躱し、カウンターで仕留めていった。階層を進む度にその精度は研ぎ澄まされ、地下六十階に下りてもバランに攻撃を当てられるモンスターは一体もいなかった。

単独での狩りで、バランのレベルはぐんぐん伸びていた。

「こりゃあローグに感謝だな。まさかこの歳になってダンジョンでレベル上げとかよ。もう少しレベルが上がれば……昔師匠から習ったアレが使えそうだな。ローグの奴、驚くだろうなぁ……くくっ」

バランはひたすら敵を切り裂きながら、どんどん階層を進んでいく。

疲れを感じるとローグから借りたカプセルハウスで休み、また階層を進む。そんな生活を一週間、ほぼ休みなしで続けたバランは、ローグ達のいる階層にたどり着いた。

「まさか……こんな下層でレベル上げしてるなんてな。よぉローグ、一週間ぶりだな？」

「さすが父さん、もう追いついてきたんだ。その様子だとかなり強くなったみたいだね？」

「わかるか？　今ならエルンストくらい片手で相手出来そうだ……なんてな。で、メイちゃんはどうなった？」

ローグは黙って、すっと前方を指差す。そこではメイが楽しそうにナイフを投げており、モンスター達を爆散させていた。

バランは目頭を指でつまみ、目の前の光景が信じられないといったように、頭を横に振った。

「なぁ……ローグ。あれは……なんだ？　一週間前の可愛らしさはどこいった⁉」

「はぁぁん⁉　可愛いだろうが！　父さんの目は節穴か⁉　見ろ！　あの楽しそうな表情！　まるで天使のように可愛いだろう！」

「あ……お前に任せた俺がバカだった……どこの世界にモンスターを爆散させて喜ぶ幼女がいる⁉　おかしいのはお前の方だ、ローグ！」

メイが言い合う二人に駆け寄る。

「パパ～！　またレベル上がったよ～！」

「おう！　メイ、いくつになったのかな？」

「７００～！」

あまりの高レベルに、バランは噴き出してしまった。

「ぶっっっっ！　は、はぁ⁉　な、７００だとっ⁉　ちょっと待て……待て待て待て！

なんでそんなに上がっている⁉」

ロークはバランに答える。

「そりゃあ、メイ一人で倒せるようになってからは、一人でモンスターを狩らせていたからな。最初は俺がモンスターにデバフを掛けていたが、今はもう必要ないらしい。どうだ？　俺の娘は凄いだろう？　はっはっは！」

「だめだ……こいつは親に向いていない。誰だ、ローグをこんなふうに育てたのは」

「十歳までは、父さん達が育てたんじゃないか。まぁ、考え方の全ては母さんから習ったけど……母さん曰く、可愛いは正義！　何があっても守れ！　死力を尽くせ！　だったかな」

バランはがっくりと地に崩れ落ちた。

「フレアか……はぁ。アイツめ……」

バランはゆっくりと立ち上がる。

「これじゃあ俺が足手まといになっちまうな。いくら師匠から習った技があるとはいえ、地力に差がありすぎる」

「技？　父さんって誰かに師事してたの？」

「ああ、まだ国を出たばかりの時にな。ちょうど良い、お前にも見せてやろう。二人とも、少し後ろに下がっていてくれ」

バランは二人を後ろに下げ、モンスターの群れに向かう。

「いくぜっ！」

バランはモンスターの間を縫うように走りながら、次々と斬り裂いていく。

「はわわ、お祖父ちゃん、速い！」

「ふむ、最小限の動きで敵の攻撃を避け、先を読みながら攻撃を繰り出している。それが可能なのが、あの足運びだな」

バランは振り返ると、ローグに言う。

「さすがだな、わかるか？　これは師匠に習った歩法だ」

「っ！　父さん、後ろ！」

バランに、モンスターが振るう巨大な斧が襲い掛かる。

「【ドラゴンフォース】‼」

バランがそう唱えると、彼の身体に凄い気が集まっていく。バランは斧を片手で難なく受け止め、残る片手に握る剣でモンスターを真っ二つに裂いた。

「ふぅ、師匠……ようやくモノに出来ました。感謝します！」

バランは【ドラゴンフォース】を解き、ローグ達の方に歩いてきた。

ローグはバランに質問する。

「と、父さん？　今の……は？」

「師匠から習った技でな。今までは身体が耐えきれなくて使えなかったんだ。ここに来てレベルが上がり、ようやく使えるようになったのさ」

「じゃなくて！　今の技！　あれ、竜の技じゃないの⁉」

「あ？　そうなのか？　俺は習っただけで詳しくは知らんぞ。なんでも人の身に竜の力を降ろす技だそうだ。これを使うと体力が半分になる代わりに、全ての能力が竜並みになるんだ」

ロークはさらに尋ねる。

「……それを教えた師匠ってのは？」

「さあなぁ……もう二十年以上前になるからなぁ。今はどこにいるのやら……」

「そっか、残念。もしかしたらその師匠……竜だったかもしれないと思ったんだけど」

「そういや、師匠は竜人族とか言ってたな。故郷は東の大陸だとか言ってたから、もしかしたらそこに帰ってるかもな」

「………竜人族？　何それ？」

ロークの質問に、バランが答える。

「俺も詳しくは知らんが、人間の姿になれる竜がいるらしくてな、そうした竜と人間との間に生まれた子が、竜人族になるらしい。ま、竜と人間のハーフってとこだな。その中でもたまに、竜の力を強く継ぐ者が現れるようで、そいつらが使うのが、さっきの【ドラゴンフォース】と【竜歩】なんだとさ」


スキル【ドラゴンフォース】を入手しました。

スキル【竜歩】を入手しました。


「竜と人間のハーフ……か。それよりも、竜は人間の姿になれるのか……となると……また探すのが難しくなるな。人間に交じって力を隠されてたら探しようがないぞ……」

今の話から、ローグは残る竜の捜索について頭を悩ませた。

そこにバランが問い掛ける。

「それより、もう特訓はいいのか？」

「ああ。メイはもう十分だ。メイ、疲れただろ？　家の中で少し休んでおいで」

「はぁ～い」

メイはカプセルハウスの中へ入っていった。

「さて、じゃあ……父さんは下層でさらにレベル上げかな。その【ドラゴンフォース】だっけ？　体力が多い方が楽に使えるんでしょ？」

「まぁな。今はまだ少し使うだけで息が上がっちまう」

「下層なら経験値も良いし、すぐにレベルも上がるさ。ここを拠点にしてしばらく修業だね」

「ああ。まずはこれを自在に使えるようにならないとな。さ〜て行くか！」

†

　下層で修業したバランは、ゾルグを凌ぐほどの力を手に入れた。

「いやぁ……まさか俺がここまで伸びるなんてなぁ。人間本気でやれば、なんとかなるもんだなぁ……」

「父さんは基本が出来てたからだよ。父さんを鍛えた師匠って人がよほど強かったんだろうね」

　ローグにそう言われ、バランは師匠との修業の日々を思い返す。

「キツかったなぁ……毎日倒れるまで身体を酷使し、夜は座学……ううっ、思い出したら吐き気が……」

「あはは……でも、これならもうエルンストにも余裕で勝てるね？　そろそろ帰る？」

「ああ。一ヶ月経つし、あまり長く離れるとフレアが怖いからな」

「あぁ……昔から頭が上がらなかったみたいだったしね」

「うっせ。ほら、メイちゃん連れて、エルフの国に帰ろうぜ。お前達にも俺の勇姿を見せてやるよ」

「……戦いになればいいけどね。正直やりすぎたかもしれない」

「それはまぁ……そうだな。なるべく手加減する」

「頼むよ？」

正直、竜の技を会得(えとく)したバランは、エルンストを余裕で超えていた。というのは、バランの持つ剣『ミネルバ』と【ドラゴンフォース】の相性(あいしょう)のためだ。『ミネルバ』は、魔法を吸収して体力にする。【ドラゴンフォース】は体力を消費する技だが、この剣がそれを補(おぎな)うというわけである。


ローグとバランは、カプセルハウスにメイを迎えに行く。

「メイ、これからお祖母(ばあ)ちゃんの所に行くけど、良いかな？」

「お祖母ちゃん!?　メイにお祖母ちゃんもいるの!?」

すると、バランはメイに言う。

「ああ、だが……決してお祖母ちゃんと呼んではいけない。かなり歳を気にしているからな。呼ばれた日には怒り、俺が殺されてしまう」

「わかった～。なら……パパのお母さんって呼ぶ！」

「ああ、くれぐれもそれで頼む」

バランの頼みは切実(せつじつ)だった。

ローグは二人を連れ、フレアのいる場所へ転移する。


「ただいま、母さん」

「お帰り、二人とも……って、その子は？」

メイはローグの背に隠れるようにし、フレアを観察していた。

「ああ、紹介するよ。娘のメイだ」

メイは前に出て挨拶をする。

「初めてまして、パパのお母さん！　パパの娘になったメイです！　よ、よろしくお願いします！」

「あら、あらあらあら～！　可愛らしい子ねぇ～……って娘⁉　ローグ！　娘が出来てたの⁉」

「あぁ、実は……」

ローグはフレアにもメイを引き取った経緯を説明した。それを聞き終え、フレアはローグに言う。

「偉いっ！　さすが私の息子ねっ！　いい子に育ってくれて母さん嬉しいわ。メイちゃんも、よく頑張ったわね、これからはローグにいっぱい甘えなさい」

「うんっ！　パパ大好き～」

「うんうん」

フレアは優しく微笑んだ。そして真面目な表情になると、バランの方を向いて言う。

「アナタ、ここに来たって事は……エルフの王となる覚悟が出来たって事で良いのよね？」

「ああ、情けない姿を見せるのは今日で最後だ。これから俺はエルンスト様を倒し、全てのエルフに、俺が優れた王であると証明する！」

バランがそう宣言すると、エルンストが奥の間から姿を見せた。

「ほ～う？　ワシを倒すとは……大きく出たな、小僧」

バランは、威圧（いあつ）してくるエルンストと向き合う。

「そういうわけなので、全てのエルフの前で俺と戦ってもらえますか？　エルンスト様」

「良かろう。ワシを倒せたら、主を王として認めよう。フレアもそれで構わんな？」

エルンストに問われ、フレアは笑みを浮かべる。

「ええ。私のバランが負けるわけありませんもの」

「ほっほ。えらい自信があるようじゃな？」

フレアは自信たっぷりに言う。

「ええ。だって、バランを鍛えたのはあのローグですよ？」

エルンストは髭を弄（いじ）りながらバランを見る。彼はバランの雰囲気から、その能力を測（はか）っていた。

「ふむ……久しぶりに全力でやれそうだ。では、明日正午、世界樹の麓で王の座を賭け、正々堂々戦うとしよう。バランよ、良いな？」

「はい。ではまた明日」

バランはそう言うと、エルンストに頭を下げた。

家へと戻る間、ローグはフレアにこっそりと呼ばれた。

「ねぇ、ローグ？　バランは勝てそう？」

「楽勝。むしろ、どうやって殺さないように戦うか考えないといけないレベルだよ。ま、即死じゃなきゃ俺が治すけどね」

「そ。それだけわかれば十分よ。ありがとうね、ローグ」

フレアはぎゅっとローグを抱きしめた。

「ちょ、母さん⁉」

「本当に感謝してるの。今のバランは昔みたいに自信に満ちているわ。あなたのお陰よ。足を失ってから、バランは自信をなくしていたの……足が治ってからも自信は戻らず、かなり悩んでいたのよ。自分は人間なのに、この国にいても良いのかってね。明日、やっとその答えが出るわ。しっかり見届けていってね？」

「もちろん。父さんの勇姿……心に刻んでいくよ」

「うんっ！　じゃあ、また明日ね」

　ローグはメイとバランの家に泊まった。ローグはバランに料理を振る舞い、バランの英気を養った。

　バランがローグに向かって言う。

「ここまで来られたのはお前のお陰だ、ローグ。正直、足を失ってから俺は腐っていた。だが、お前が無事で、さらに俺の足まで治してくれて……本当に感謝している。ありがとう、ローグ。お前は自慢の息子だ！」

「止めてくれよ、恥ずかしいなぁ。それより、明日は格好いいとこ見せてよね？　母さんと二人目作るんでしょ？　格好いいとこ見せて惚れさせちゃいなよ？」

「ばっか、フレアはもう俺にベタ惚れだっつーの。見てろよ、ローグ」

「ああ、頑張って、父さん」

　二人はこつんと拳をぶつけ合い、明日の決闘に向けて作戦を練るのだった。

†

ゆっくり休んで翌日正午。

世界樹の麓には、すでに全集落から全てのエルフが集まっていた。時間となり、エルンストがその場にいる全員に向かって宣言する。

「これより！　新女王フレアの夫であるバランが、我らエルフの王足り得るか、ワシとの戦いで皆にしっかりと見極め（みきわ）めてもらう！　もしワシが負けた場合、ワシは王の座を、このバランに譲る！　皆、異論はないな？」

辺りは静まり返っている。

エルフ達は渋々ながらも受け入れるようだ。

「うむ。では、戦いを始める。バランよ、準備は良いな？」

「はい。いつでも」

バランは自信満々といった様子で腰の剣に手を掛ける。

エルンストとバランは離れて対峙し、真ん中にフレアが立つ。ローグはエルフ達とともに戦いが始まる瞬間を待っていた。

（これは勝つための戦いではない。エルンストを殺してしまわないように、いかに加減して戦うかがポイントだ。昨夜父さんの【ドラゴンフォース】を使った全力の一撃を受けてみたが……俺ならまだともかく、エルンストのあの身体では即死してしまうだろう）

ローグがそう分析していると、フレアの声が響きわたる。

「では、これより、エルフの王の座を賭けた勝負を始めます！　双方、準備は良いですか？」

「ああ」

「うむ」

「では……はじめっ‼」

フレアの手が振り下ろされた。それと同時に、バランは初手から【ドラゴンフォース】を使った。

「はあぁぁぁっ‼　【ドラゴンフォース】‼」

バランの身体に竜の力が降りる。

「なっ⁉　それは竜技⁉」

「いきますよ、エルンスト様？　ふっ……！」

バランは立っていた場所から姿を消す。

「「「消えた⁉」」」

エルフ達にはバランの姿が見えていなかった。バランは一瞬で距離を詰め、フェイントを入れてエルンストの背後を取る。

「ぬうっ！　速いっ！」

「はぁぁぁぁっ‼」

バランはエルンストの背後から剣で斬りつけた。だが、エルンストは魔法で分身を作り出しており、斬られた分身体は霧散した。

「ほっほっ。中々やりおるわ」

本体は空中におり、下に向かって杖を構えていた。

「少し激しくいくぞ？ 刃の精霊よ、力を幾重にも切り裂け！ 【サウザンドブレード】！」

杖の先端から千の刃が現れ、バランへと襲い掛かる。

「【竜歩】！」

バランは【竜歩】で、千の刃を躱し、躱せない分は愛剣で破壊したと見せかけてその魔力を吸収、体力に変換していく。

千の刃を全て捌ききったバランは、突きの態勢へ移行する。

「ふうっ。お返しですよ、エルンスト様！ いけっ！ 【ドラゴニック・ロア】！」

バランは上空のエルンストに向かい、剣を突く。その剣の先からは炎の竜が飛び出し、物凄いスピードで真っ直ぐエルンストに向かって飛んでいった。

「こんな直線的な技など、躱してしまえばなんて事ないわっ！」

エルンストは身を翻し、向かってくる攻撃を当たる寸前で躱す。そして次の攻撃に移ろうとした時、バランが叫んだ。

「まだだ！　曲がれぇぇぇっ‼」

「なにぃっ⁉」

バランは真っ直ぐ通り過ぎた竜を曲げ、エルンストを追尾させる。空中でエルンストと竜の追い駆けっこが始まった。

「ぐぅぅっ！　しつこいっ！　はぁ……はぁ……っ！」

「まだまだ！　いけっ‼」

「くうっ！　地の精霊よ、力を示せっ！【ロックシールド】！」

エルンストは分厚い岩の盾を出し、迎え撃つ構えを取った。

「よし、そのまま貫けぇっ‼【スクリュー】‼」

バランはそれまで真っ直ぐ飛んでいた炎の竜に回転を加えた。炎の竜は、エルンストの出した岩の盾を難なく貫く。

「ば、ばか……な……！　ぐふっ……！」

盾と同時に、エルンストも一緒に貫いた。エルンストは飛行を制御出来ず、地面に落下した。

バランはそれをガッシリと地上で受け止める。

「俺の勝ち……ですよね？　エルンスト様？」

「げほっ……ワシの負け……じゃ」

「ロォォォォグ‼」

バランに呼ばれたローグはすぐにエルンストへと駆け寄り、回復魔法を施す。

「【エクストラヒール】！」

ローグは、腹に穴を空けたエルンストを、傷一つない状態まで完治させた。エルンストが息を切らせながら言う。

「ふぅ……死ぬかと思ったわい。フレア……合図を」

「は、はい！　勝者バラン・セルシュ‼」

「「「オォォォォォォォォ‼」」」

エルフ達は新しい王の誕生に沸いた。フレアはバランに駆け寄り、抱きつく。

「もうっ‼　アナタ！　格好良すぎよっ‼」

「ははは、これでもだいぶ力をセーブしたんだぜ？」

エルンストはそれを聞いて驚いていた。

「なに？　アレが全力ではないだと⁉」

「ええまぁ。今回は竜技だけしか使ってませんし、しかも全力ではありません。俺はまだほとんど力を出していませんよ。まぁ俺の全力に耐えられるのはローグくらいなものですが……」

「なん……と！　お主、たった一ヶ月でまるで別人じゃな。お主なら王となるに相応しい。

これからはワシの代わりにエルフ達とこの森を守ってくれ。それと、これは言っても良いのか……」

　エルンストが口ごもっていると、フレアが問う。

「まだ何か？」

「さっきの竜技はの……あれは本来竜にしか使えん技なのだ。いくら才があっても人間が使う事は不可能じゃ。おそらく……バランよ、お主、竜の血を受けたな？」

「へ？　い、いえ？　全く身に覚えがありませんが……」

「いやいや、おそらく寝ている間にでもこう……ちゅ～っと注入されたんじゃろう」

　エルンストは注射を打つような仕草を見せる。

「んなアホな……!?　ま、まさか師匠が？」

「まぁ……悪い事ではないぞ？　今回厳しい修業したお陰か、ようやく覚醒したようじゃ。お主はエルフ同様、長命種の仲間入り。フレア、良かったのう？」

　それを聞いたフレアは、今度はエルンストの首を絞める勢いで掴み掛かった。

「じゃ……じゃあっ！　バランは私と同じくらい生きられるって事!?」

「むぉぉぉぉおっ！　く、苦しいぃぃぃぃっ！」

「……あ」

　フレアは慌ててエルンストを解放する。

「げほっげほっ！　全く！　バランより強い力で絞めおってからにっ！」

「ご、ごめんなさい！」

エルンストは首を擦りながら言う。

「覚醒したのが最近だとしたら……まぁ千年くらいは生きるんじゃないかの？」

「ほ、本当なのですか!?」

「うむ。それしかあの技を使える理由が思いつかん。その師匠とやらに会ったら確かめるが良いぞ、バラン」

バランはカランッと剣を落とし、フレアを見た。

「は、ははっ……フレア、どうやら俺、人間辞めちゃってたみたいだ。どうすっか？」

「バランっ！」

フレアはバランに抱きついた。

「最高じゃないの！　私とずっと一緒にいられるのよっ！　あぁ……どこかにいるバランのお師匠様っ……感謝いたしますっ‼」

フレアは涙を流し、喜んでいた。

ローグはメイを腕に抱え、両親に言う。

「これで一件落着かな？　良かったね、父さん、母さん」

バランは照れ笑いを浮かべ、ローグに礼を述べる。

「ローグ、世話になったな。ありがとよ。そうだ、お前が竜を探しているなら、いつか俺の師匠に会うかもしれん。その時はさっきの事……確認してくれるか？」

「ああ、わかった。もしその師匠とやらに会ったら聞いてみるよ」

「お願いね、ローグ。さ、バラン。疲れたでしょう？　寝室に行きましょ？」

　バランはフレアにズルズルと引きずられていく。フレアは完全に捕食者の目になっていた。フレアがローグに向かって言う。

「あ、ローグ？　来年あたりには弟か妹が出来てるはずだから、その時はまた呼ぶからね？」

「息子にそんな事語るなよ!?」

「あはは、じゃあね～。ほら、バラン、行きましょ！」

「あ、あぁ……ロ、ローグ、またな？」

「はいはい、頑張ってね、色々と」

　そうして二人は女王の屋敷へと消えていった。ローグはそれを見送り、エルンストに問い掛ける。

「さて、エルンストはこれからどうするんだ？」

「ワシか？　ふむ……隠居でもして、のんびりとこの森で暮らすわい」

「そっか。暇が出来たら、アースガルドにでも遊びに来てくれ。ロワも喜ぶからな」

「うむ。考えておこう」

「じゃあ……俺は帰るよ。母さん達の事、よろしく頼むよ」

「ほっほ。任せい」

こうしてバランは自信を取り戻し、エルフ達の王として生きる道を選んだのであった。

第六章　大陸統一

両親の一件が片付いた数日後、ローグはワーグナー王国の使者と面会していた。ローグは使者に問う。

「では、ワーグナー王国も同盟に加わるという事でよろしいですか？」

「はい。損得（そんとく）を考えても、同盟に加わるのは当然の事。北の大陸は現在、貴国を中心としてまとまっております。最早この大陸で戦は起こりますまい。なれば、求めるものは絆（きずな）。交易を行い、この大陸全土を豊かな国としましょうぞ」

「そうですね。お互い力を合わせ、より良い大陸にしていきましょう。それで交易についてですが、全てザリック商会に一任しています。この会談後、アースガルドを視察していただき、何か欲しい品があれば言ってください。すぐに運ばせますので」

「正直、欲しい物だらけで迷いますな。この城に来る途中で軽く街を見て来ましたが……素晴らしく綺麗な街並みでした。街は清潔に保たれ、水も豊か。人々は幸せを満喫（まんきつ）しておられる様子で、羨ましい限りです」

「始まりは難民の救済からでした。そこから段々人が集まるようになり、今日に至ったのです。そして、これからもそれは続けるつもりです。全ての民が幸せを享受出来る国、それが俺の目指す国なのです」

使者はうんうんと頷く。

「素晴らしいお考えです。しかし、それを成すためには、たゆまぬ努力が必要でしょう。ローグ様はどこまでそれを続けられますかな?」

「無論、力尽き果てるまでですよ」

「ははっ。では、我らワーグナー王国も微力ながら、その力になりましょう。何かありましたら遠慮なく言ってください」

「ええ、頼りにさせてもらいます」

使者は席から立ち上がり、ローグと握手を交わすと部屋を出ていこうとする。ローグが使者に声を掛ける。

「あ、待ってくれ。せっかく遠い所を来てもらったんだ、手ぶらで帰すのもなんですし、アースガルドで普及している魔導具セットをプレゼントしましょう」

ローグは簡易の『魔法の袋』に、魔導トイレ十個、魔導コンロ十個、魔導バス十個、魔導ライト十個を入れて使者に渡した。

「中に、使い方の説明書も入っています。使ってみて気に入ったら注文を受けるとしましょう」

「これは……わざわざありがとうございます！」

「いえいえ。近隣の国ではすでに普及し始めていますので。ワーグナー王国でもぜひ流行させてほしいのです。特にトイレはオススメですよ？　これを増やせば、街に広がる嫌な臭いや病原菌ともオサラバです」

「なるほど、それでこの国は綺麗なのですね？　わかりました。帰国後、王に進言してみましょう」

「ぜひとも」

使者は同盟の締結と土産を片手に、国へ戻っていった。

それから一ヶ月後。ワーグナー王国から大量の注文が入った。

ドワーフ達は作業に追われる事になり、悲鳴を上げていた。

「だぁぁあっ！　作っても作ってもキリがねぇ!!　いったいいつになったら注文が終わるんだ!?」

「仕方ないわい。今北の大陸全土から注文が入っとるんじゃからのう。これは手に負えんわい」

そこへ、ローグがメイを連れて工房を訪れる。

「久しぶりだな……って、ずいぶん忙しそうだね」

「お～う、ローグかぁ……どうした？」

「助っ人だ。メイ、挨拶を」

メイは前に出て、パパの娘のメイです！　よろしくお願いします！」


「初めまして、パパの娘のメイです！　よろしくお願いします！」

ドワーフ達は作業を止めて、集まってくる。その中には、ローグとは古い付き合いのローランド親子もいた。

「ロォォォォォォグ！　お前、いつの間に子供なんて⁉　くそぉぉぉぉっ！　また先を越された‼」

「がはは、カイン。お前にはまだ早いわ。それより、ローグ、その子が助っ人なのか？」

親友のカインに続いて、カインの父親が尋ねる。

ローグはメイについて説明する。

「ああ、メイはスキル【複製】を使えるんだよ。親方達が部品を一つ作れば、後はメイがそれをコピーして組み立てるだけになる。それだけでもだいぶ効率は上がるだろ？」

ドワーフ達はざわついた。

「そりゃありがたいが……【複製】にはかなりの魔力を使うと聞いたぞ？」

「心配ない。メイのレベルは７００だ。ステータスだけなら俺の次に強い」

「「「な、なんじゃと!?　７００!?」」」

　メイは自慢げに胸を張る。

「メイ、頑張る！」

「そういうわけで、値段も下げられる。その空いた時間で、この魔導具を新たに作ってもらいたい」

　ローグはそう言うと、テーブルの上に魔導具を置いた。

「これは魔導クリーナー。これがあれば箒も塵取りも要らなくなる。何より掃除の時間が激減するし、埃も舞わないから手間が省けるんだよ」

　そこへ魔導具ギルドの長であるマギがやって来て、眼鏡を掛け直しつつ魔導具を見る。

「確かに、魔導クリーナーですね。これも作り方が難しいんですよねぇ……中の回路に吸引魔法と空間転移魔法、焼却魔法を組まないといけないので」

「そこはジュカに手伝ってもらってくれ。どう？　出来そう？」

　この問い掛けに、空間からジュカが姿を現す。

「ジュカです。私に出来る事ならなんなりと」

　ジュカの登場に驚きながらも、マギは告げる。

「回路さえなんとかなれば、大丈夫そうです。これでまた生活レベルが上がりますね！」

「ははっ、【クリーン】の魔法も便利だけど、ゴミは消せないからね。じゃあまた何か使えそうな物を見つけたら持ってくるよ。じゃあメイ、後はおっちゃん達の言う事を聞いて頑張るんだぞ？　そうだな、沢山頑張ったら何か一つ望みを叶えてやろう」

「本当⁉　なんでも⁉」

「ん～、俺に出来る範囲でな？」

「わかった！　メイ頑張って役に立つね！」

「ああ、じゃあ……皆、メイを頼む。メイにおかしな真似をした奴は、誰だろうと百回は殺す。良いな？」

「「「イ、イエッサー！」」」

ローグが最後に見せた妙な迫力に、ドワーフ達は皆ビビっていた。ローグはドワーフ達にメイを預け、工房を後にした。

工房で働く者達は口々に言う。

「ありゃあ……親バカだな」

「確かに……」

「死にたくねぇから真面目に働くか。おい、カイン。お前、メイちゃんに複製させる部品を運べ。そのくらいなら出来るだろう？」

「お、俺？　は、はぁ……わっかりましたぁ～」

こうして工房での作業効率は飛躍的に上がった。

急速に魔導具が普及する事になった北の大陸では、これにより民の暮らしが一段高いものとなり、さらに栄えていくのだった。

†

北の大陸が一つとなってから数ヶ月経った。

ローグは夜中まで、執務室で雑務をこなしていた。これまで国の運営は人任せだったため、真面目に机に向かっているその姿は非常に珍しい。

執務室に、フローラがやって来る。

「失礼します、ローグさん」

「フローラ？　どうしたのこんな夜中に」

フローラは緊張している様子だった。彼女はスカートをぎゅっと握りしめ、しばらくの間、室内に沈黙が流れる。

ローグはフローラが何を言いたいのか、すでに察していた。色々落ち着き、最近は国から出る事なく城で仕事をしている。フローラは現在、ローグの事務仕事の補佐に回っていた。

――とすると、以前バロワ聖国に向かう時に出たあの話だろう。

やがて、沈黙をフローラの方から破る。

「ローグさん……私……頑張りましたよね？　ローグさんから任された仕事、問題なくこなせましたよね？」

「ああ、フローラには感謝してるよ。フローラがいたからこそ、俺はなんの憂いもなく国を空けて、様々な問題を解決するために動けた。ありがとう、フローラ」

その言葉を受け、フローラは改めてローグを見つめる。

「ローグさん……！　私を……私をあなたの妻にしてくださいっ！　私はっ……コロンが羨ましい！　コロンは戦えるし、国を空けがちなローグさんに付いて旅に行ける。それが、私には羨ましくもあり、妬ましくもあります！」

ローグは黙って聞いていた。フローラはさらに続ける。

「私だって戦えたら……何度もそう思いました。でも、私には戦う力はありません。なので、せめて私に出来る事をと思い、国を支える道を選びました。ローグさん、私はちゃんと力になれてますか？　これからもローグさんの側にいてもいいですか？　私の支えは……ローグさんを望む未来へと向かわせてあげられていますか？」

フローラの目からは、大粒の涙がこぼれていた。

ローグはそれを指で拭ってやると、フローラを抱きしめる。

「あっ……ローグ……さん？」

ローグはフローラを抱きながら言う。

「さっきも言ったようにさ、フローラがいたからこそ、俺は国を留守にする事が出来たんだ。俺はね、フローラ。この世界から争いをなくし、みんなが平和に暮らせる世界を作りたいんだよ。それが俺の使命であり、神の使徒としての役割なんだ。そのためには、玉座(ぎょくざ)に黙って座ってるってわけにはいかない。困っている民がいたらその場に行って救い、暴れている悪人がいたら懲(こ)らしめなきゃならないんだ。だから、どうしても支えてくれる人が必要になる。フローラは自分が思っている以上に俺の助けになってるし、かけがえのない存在なんだよ」

「ローグさんっ！」

ローグは一呼吸置き、フローラの肩に手を置く。そして、フローラの涙で濡れる瞳を見てこう言った。

「フローラ、俺と結婚してくれ」

「あ……あぁぁぁっ！　はいっ！　はいっ!!」

ローグは視線を扉の方へと移す。

「そういうわけだ、コロン。フローラを第二王妃とする。どうかな？」

「え？」

フローラは不思議に思いながら涙を拭い、ローグの視線の先にいる人物に目をやった。

そこには、にやにやと笑うコロンが腕を組んで立っていた。

「コ、コロン!? い、いつから!?」

コロンが室内に入り、フローラを見て言う。

「私の事が羨ましいし、妬ましいってあたりかなぁ～?」

「ほ、ほとんど最初からじゃないっ!?」

「いやぁ～、そんなふうに思われてたのねぇ～。言っとくけどさ、私なんて大して役に立ってないわよ?」

「……え?」

フローラが困惑していると、ローグがさらに言う。

「そうだな。ダンジョンに潜っては宝箱を漁り、旅に連れていっては買い物三昧。実際フローラの方が千倍は俺の支えになってる気がするよ」

「……え?」

ローグの揶揄に、コロンが声を上げる。

「酷くない!? 私だってちゃんと仕事してるじゃないのよ!」

「してるな。ただし、ミスも滅茶苦茶多いけどな?」

「そ、それは……だって事務仕事とか私の性に合わないし!」

ローグはコロンを軽くあしらうと、フローラの方に顔を向ける。

「はいはい。ってなわけでフローラ」

「は、はい！」

ローグはコロンと並び、二人でフローラに片手ずつ差し出す。

「こんなダメダメ王妃から俺を救うために結婚してくれ。フローラがいなきゃこの国は崩壊してしまうかもしれない」

「そうね。これからは協力して、この放浪癖のある国王様をどうにかしていきましょ？」

「誰が放浪癖だ！　お前こそ金の亡者じゃないか！」

「違います～。私は宝箱を開ける事が大好きなだけです～」

そんな二人のやりとりに、フローラは笑ってしまった。

「ふふっ、あははははっ」

「「フローラ？」」

それからフローラは、二人から差し出された手をしっかりと掴む。

「わかりました。これからは第二王妃として今まで以上にローグさんを支え、コロンを教育していこうと思います！」

「きょ、教育？」

「ええ、王妃として正しくあるように、私がコロンを教育します。なので、コロンは私に戦い方を教えてください。そして、二人でローグさんの目指す未来を支えていきましょ

う！」

コロンは笑って言う。

「オッケー。一から仕込んであげるから覚悟しなさいよ？」

「私もです。国の運営についてしっかりと叩き込みますからね？　覚悟してくださいよ？」

コロンとフローラは見つめ合う。

「「ふふっ、あはははははっ」」

こうして二人はライバルでありながらも、不足部分を互いに補い合う関係になるのだった。

†

この一ヶ月後、ローグは各国から代表者を集め、北の大陸大同盟締結の祝宴(しゅくえん)と、第二王妃となったフローラとの披露宴(ひろうえん)を開催(かいさい)した。各国の代表は、二つの慶事(けいじ)を大いに祝福した。

この場には当然ローグの両親も出席し、エルフの国も同盟にこそ加わらないが、協力関係にはあるとアピールする事に成功した。

エルフの新女王であり、ローグの母でもあるフレアがローグを祝福する。

「ローグ、結婚おめでとう！　ちゃんと二人とも大事にしなきゃだめよ？」

「わかってるよ、母さん。来てくれてありがとう」

「ええ。これが新女王としての初仕事ね。ローグ、私達エルフはあなたの味方だからね？何かあったら遠慮なく頼りなさいよ？」

「うん、ありがとう、母さん」

父バランは久しぶりに兄弟と再会し、酒を酌み交わしていた。

「いやぁ……まさか兄貴んとこの長女とくっつくなんてなぁ……」

「全くだ。バラン、聞いてくれ。アランはワシに会わす前からローグを囲ってててな……」

「いやぁ～、はっはっは！　ようやくローグと娘がくっついてくれたわ」

どうやら昔話に華を咲かせているようだった。

「ローグ殿！」

「これはギルオネス陛下」

次にローグに声を掛けてきたのは、ゾルグの父、ギルオネス皇帝だった。

「大同盟も成立し、結婚もした。順風満帆じゃの？」

「いえいえ。まだまだこれからですよ。同盟は成立しましたが、まだ困窮している地もあれば、貧困に喘ぐ地もありますので」

「そうじゃな。じゃが解決は目前じゃろう。こうして大陸が一つになったのじゃからな。これからもお互いに協力していこうぞ？」

「もちろんです」
　その後もローカルム王国国王、ムーラン帝国皇帝、アンセム家、ワーグナー王国国王と各国のトップに祝いの言葉をもらう。
《ロ～グ～？　もうお酒ないわよ？》
「は？」
　水竜に声を掛けられ、振り向くローグ。その場には小さくなった竜達もいた。
《ローグ！　こっちは肉がなくなった！》
「ちょ、お前ら、食いすぎに飲みすぎだ！」
　ローグが土竜達に向かってそう言うと、火竜がツッコミを入れる。
《祝いの席で飲み食いせんでどうする！》
　続いて、雷竜が声を上げる。
《ヒャッハー！　俺が演奏してやんよぉっ！　アース、バーン、オルム！　激しめの曲で祝ってやろうぜ！》
《《おう！》》
《しかたないな……》
　氷竜は若干酔っていた。普段のクールな性格では絶対に乗らない話にもかかわらず、氷竜はおもむろにベースを構え始めた。

《はうぅっ、私のローグがぁ～……》
　聖竜は彼らから離れた場所で泣きながら酒を飲みまくっていた。
　ちなみに、ジュカは聖竜がいるため空間から出てこられない。同じ理由で、ワルプルギスも大人しくジュカの空間にいた。
　この宴は三日三晩続き、北の大陸はこれからもっと平和になると、大陸中が知るところとなった。各国の町や村もこの大同盟の成立を祝い、連日お祭り騒ぎだった。

　そして宴が終わった翌日の朝、ローグは各国の代表を前に、こう言った。
「皆、来てくれてありがとう。これから先どんな困難があろうとも俺達が手を取り合い、力を合わせていけばきっと乗り越えていけるだろう。全ての民が幸せになれるようにこの同盟が不変のものになるよう頑張っていこう」
　この宣言に各国の代表は改めて手を取り合い、力を合わせていく事を誓い、それぞれの国へと戻っていくのだった。

†

　北の大陸大同盟が成立し、バロワ聖国を除く全ての国が協力関係となった。その日の深夜、ローグは連日の宴の疲れからか、一人自室で横になり休んでいた。
「ふぅ、さすがに疲れた……な。だけどこれで北の大陸はもう大丈夫なはず……どの国も俺の考えに賛同してくれた。北の大陸は平和と繁栄へ向かっていくだろう……はぁ……ようやく世界の五分の一かぁ……まだまだ先は長いなぁ……」
ローグはこの同盟の成立を見事に完遂した事で、久しぶりに気を抜く。そして横になったまま、そっと目を閉じていった。
これは夢か幻か。ローグの夢に創造神の姿が現れた。
《やぁ、ローグ。久しぶりだね。ゆっくり休んでいるところを悪いね》
《神……様？》
ローグは夢の中で身体を起こし、創造神に頭を下げる。
《お久しぶりです、神様》
《うん。ローグ、今回の件、どうやら君に任せて正解だったみたいだ。これまでバラバラで争いばかりだった大陸が一つに纏まり平和が訪れた。おまけに魔族の野望まで潰してくれてさ。これは凄い成果だよ！》
創造神ははしゃぎ、ローグの成し遂げた事を称賛していた。ローグも少し照れつつ、創造神に今回の件を報告する。

《ありがとうございます。この同盟に関して、俺は自分なりにどうすれば世界が平和になるかと考え、自分に出来る最善を尽くしました。俺一人じゃ厳しかった事も、助けてくれる仲間達がいて、ようやくここまでたどり着く事が出来ました》
《全部見てたよ。そうだ、頑張ったローグにはご褒美をあげないとね。何か望みはあるかい？》
　ローグはしばらくの間考える。
《そう……ですね。強いて言うなら、【転移】よりもっと便利な移動方法が欲しいですね。【転移】は一度行った事がなければ飛べませんので。目的の場所に飛べる……そんな力が欲しいです。欲を言えば、困っている人の下へ一瞬で飛べれば良いんですけど》
　その注文には、さすがの創造神も少し呆れていた。
《そんなスキルあるわけないじゃないか。もしあるなら最初から渡してるよ、全く……》
《ですよね～。言ってみただけです。褒美だとしても、これ以上何かを望んだら、罰が当たりそうで怖いですよ》
《罰なんて、そんな気はないから安心して良いよ。けど……う～ん……》
　創造神は悩みながら、ローグが望んだものに近いスキルを与える事にした。
《じゃあさ、どこでもってわけにはいかないけど、神殿がある町になら飛べるようにしようか？　確かミルナだっけ、あの神官。彼女に聞いて、世界に点在する神殿を教えてもら

うと良いよ》
《神殿がある町に飛べるスキル……！　ありがとうございます、神様！》
ローグは創造神に感謝を述べた。
《うん、これなら神の使徒としてやりすぎじゃないよね。では……スキル【神の足】を与えよう。このスキルで、これからも世界中に存在する困っている人々を助けてあげてね、ローグ》
そこでローグの意識は途絶えた。

そして翌朝、ローグはゆっくりと目を覚ます。

「夢……か？　いや、夢にしてはやけにリアルだった気が……確認してみよう」

ローグは、自らのステータスを開く。

「……夢じゃなかった！　あの夢の中で付与されたスキルが実際に増えてる！」

ローグは窓から空を見上げ、目を閉じ、頭を下げる。

「神様、ありがとうございました。どうかこれからも見守っていてください。この世界は、俺と俺の仲間達で必ず平和にしてみせます！」

そう祈っていると、バタバタと走る二人の足音が聞こえてきた。

部屋の前が急に賑やかになる。

「ローグ！　朝よ！　今からダンジョン行こうよっ！　お宝が私を待ってるのっ！」

「待ちなさいコロン！　今日は私と政治に関する勉強だって、昨日言ったでしょ！」

「え～⁉　やだよっ！　私は政治で頭を使うより、現場で身体を動かす方が得意なのっ！

ほらローグ、いつまで寝てるのっ？　この無駄に凝った造りの扉、破壊しちゃうわよ～？」

「そ、それでも第一王妃なのっ⁉　少しは慎みというものをですね……」

ローグは、コロンとフローラのじゃれ合うような喧嘩を扉越しに聞きながら、口元に笑みを浮かべていた。

「ははっ、ほんとしょうがないなぁ……ああ、今開けるよ」

ローグは明日へと続く扉に手を添え、今日も目の前に広がる騒動に身を投じていくのだった。

あとがき

この度は文庫版『スキルは見るだけ簡単入手！ 3 ～ローグの冒険譚～』をご購入いただき、誠にありがとうございます！

さて、まずはここまでお付き合い頂いた読者様に深く感謝申し上げます。

この物語は全くの無知識の状態から始まり、あれよあれよという間に出版に至りました。全てが手探り状態で、執筆当時はまさか本になるなど想像もしていなかったのです。

しかし、熱心な読者様から賞に応募してみてはどうかとか、本になったら買いますという沢山の声をいただき、それならダメ元でも構わないとアルファポリスのファンタジー小説大賞に応募した結果、ここまで来ることが出来ました。正直、書籍化の打診が来た時は、我が目を疑ったものです（笑）。

で、何が言いたいのかといいますと、人間諦めなければ夢は叶う、夢を叶えるためには行動が大事だという事です。

私は読者様からの声で行動に出ました。その集大成が商業出版という形に繋がりました。

作家をしていく上で出版は夢のようなもの。私は行動した事で夢を叶えました。
どうか皆さんもまずは一歩踏み出してみてください。きっとその先には輝かしい未来が広がっていますから……。

そして、この三巻でひとまずローグの物語は幕を閉じます。けれども、Ｗｅｂ版の物語はまだまだ続いていきます。何故なら本作は、まだ四分の一が終わったに過ぎないのです。
北の大陸は平和になりましたが、世界はまだ危機に瀕しています。もし、この先も応援していただけるようでしたらＷｅｂ版をご覧いただけますと幸いです。
きっとそこには、元気な姿で世界を飛び回るローグとその仲間達がいるはずです。

それではあとがきはこの辺で。これからも執筆は続けていきますし、一生夢を追いかけていきます。それが良い結果になるかはわかりませんが、皆様の声が続く限り走り続けていきます！　ありがとうございました！

二〇二二年十一月　夜夢

アルファライト文庫

この作品に対する皆様のご意見・ご感想をお待ちしております。

おハガキ・お手紙は以下の宛先にお送りください。

【宛先】

〒150-6008 東京都渋谷区恵比寿 4-20-3 恵比寿ｶﾞｰﾃﾞﾝﾌﾟﾚｲｽﾀﾜｰ 8F
（株）アルファポリス　書籍感想係

メールフォームでのご意見・ご感想は右のＱＲコードから、
あるいは以下のワードで検索をかけてください。

アルファポリス　書籍の感想 

ご感想はこちらから

本書は、2020年12月当社より単行本として
刊行されたものを文庫化したものです。

スキルは見るだけ簡単入手！３　～ローグの冒険譚～

夜夢（よるむ）

2022年 11月 30日初版発行

文庫編集－中野大樹
編集長－太田鉄平
発行者－梶本雄介
発行所－株式会社アルファポリス
〒150-6008東京都渋谷区恵比寿4-20-3恵比寿ガーデンプレイスタワー8F
TEL 03-6277-1601（営業） 03-6277-1602（編集）
URL https://www.alphapolis.co.jp/
発売元－株式会社星雲社（共同出版社・流通責任出版社）
〒112-0005東京都文京区水道1-3-30
TEL 03-3868-3275
装丁・本文イラスト－天之有
文庫デザイン―AFTERGLOW
（レーベルフォーマットデザイン－ansyyqdesign）
印刷－中央精版印刷株式会社

価格はカバーに表示されてあります。

落丁乱丁の場合はアルファポリスまでご連絡ください。

送料は小社負担でお取り替えします。


ISBN978-4-434-31138-3 C0193